江戸前　通の歳時記

池波正太郎

集英社文庫

江戸前　通の歳時記◉目次

一章　江戸前とは

二章　味の歳時記

三章　江戸の匂いのする情景

四章　通のたしなみ

五章　食べる

企画・編集協力＝スフィア
イラスト＝矢吹申彦
本文デザイン＝レッド

江戸前　通の歳時記

一章　江戸前とは

深川《ふかがわ》の二店

物の本に、

「江戸時代の深川は、イタリアのベニスに比較してもよいほどの水郷であった」

などと、書かれている。

「ほんとうかね？」

と、いう人もいるだろう。

そういう人は、たとえば、広重《ひろしげ》の〔名所・江戸百景〕の中の、深川を描いた浮世絵をごらんになるといい。ちかごろは、さまざまなかたちで、こうした浮世絵が紹介され、たやすく手に入れることができる。

広重の、すばらしい絵筆が表現した江戸の町、江戸の川、江戸の空は、

「嘘《うそ》ではなかった……」

のである。

すくなくとも、太平洋戦争以前の深川を知っている人なら、たちどころに、

「うむ、そのとおり」

と、うなずいてくれるにちがいない。

江戸湾（東京湾）の汐《しお》の香り、新鮮な魚介、すっきりとした住民の気風《きっぷ》、深川の町々を縦横にめぐる堀川《ほりかわ》と運河の水の匂い……そうしたものが、まだまだ残っていて、それを躰《からだ》で感じ取ってきた者には、広重の絵が、

「たちどころにわかる……」

はずなのである。

深川の地は、往古《むかし》、大川《おおかわ》（隅田川《すみだがわ》）の河口に近い三角洲《デルタ》だった。

はじめて、徳川家康《とくがわいえやす》が江戸へ入国したところ、江戸湾の水は赤坂《あかさか》や上野《うえの》のあたりまで流れ入っており、いまの日比谷《ひびや》公園のあたりは海岸だったのである。

徳川氏の江戸入国によって、城下町としての江戸は、未曽有《みぞう》の発展をとげることになる。

深川の地を開拓したのは、摂津《せっつ》の国から江戸へ移住して来た深川八郎右衛門と、紀州《きしゅう》出身の熊井理左衛門という人だったそうな。

三角洲だった深川は何度も埋め立てられ、そのひろがりを増して行き、大小の

船の運行を便利にするため、四通八達の堀川が設けられた。〔木場《きば》〕とよばれて、江戸市中の材木商の大半が深川に集まったのも、船の輸送の便利があったからだ。

いわゆる〔江戸前〕の魚介は、深川のものである。

隅田川の川水と、江戸湾の海水とがまじり合った特種の水質に育まれた魚や貝の味わいは、特別のものだったらしい。

たとえば、同じ鮃《ひらめ》にしても、千葉県の銚子《ちょうし》の沖合で漁《と》れたものと、江戸湾で漁れたものとは、まったく味わいがちがっていたらしい。

私が書いた〔市松小僧《いちまつこぞう》の女〕という芝居の大詰は、深川の黒江町《くろえまち》の小間物屋《こまものや》の場面だが、そこへ出て来る魚屋に、

「こいつは銚子比目魚《びらめ》だが、ばかにできやせん。ここの旦那《だんな》が好きだから持って来ました」

といわせているのも、このためなのだ。

むかしは芝居の脚本と演出で暮していた私は、小説に転じたのちも、たまさかに芝居の仕事をする。そうしたときには、深川でも何処《どこ》でも、自分の好きな場所をえらんで舞台の上に再現することができる。

いま尚《なお》、私が芝居の世界からはなれられないのも、こうした、たのしみがあるからなのかも知れぬ。

私が子供のころ、深川には親類が二軒あった。

一は、深川の門前仲町《もんぜんなかちよう》に住む母の従妹《いとこ》で、このひとは木場の材木店の番頭に嫁いでいた。

一は、深川の外れの、東京湾をのぞむ砂町《すなまち》（江戸時代の砂村）に住む母の伯父の家だった。

この母の伯父は、砂町の葦《あし》の群れの中の一軒に住んでいて、たくさんの伝書鳩《でんしよばと》を飼っていたので、子供の私は、この家へ泊りがけで遊びに行くのがたのしみだった。

夏の日射《ひざ》しに光る運河の水や、濃い草の匂いや、運河を行く蒸気船や漁師の舟を、いまも脳裡《のうり》におもい浮かべることができる。

そのころの、子供の私でさえも、

（ここが、東京なのか……？）

と、浅草《あさくさ》の我家から一時間半ほどで到着する砂町の景観を、夢でも見ているように感じ取っていたのである。

＊

むかしの東京の子供などというものは、自分が住んでいる町を中心にした地域の外へ、めったに出かけることもなかった。

私などは、そうした子供たちの中にあって、比較的に、独りで諸方へ出て行ったほうだろう。住んでいたところが、上野や浅草の盛り場に近かったし、母親がそういうことにうるさくなかった所為《せい》もあって、小学校の五年生になると、土曜日か日曜日に、深川の親類のところへ、祖母の使いに出かけたことも何度かある。

そうしたとき、祖母は私に二十銭よこした。

すなわち、往《ゆ》き帰りの電車賃（いまの都電）が十四銭。残りの六銭が〔使い賃〕というわけだ。

はじめて深川へ、独りで出かけたときは、私にとって一つの〔旅行〕だったといえる。

何度も何度も市電の乗り換えの場所について教えられ、略図を持たせられ、出かけるときの、不安と好奇心が入りまじった緊張感は何ともいえぬものだった。

深川・門前仲町の母の従妹の家へ着き、用事をすませて帰るときは、母の従妹が十銭か二十銭、お駄賃《だちん》をくれる。

二度目からは平気で出かけられるようになり、そうなると、

(帰りは歩こう。そうすれば、電車賃の七銭が儲《もう》かっちゃうな)

と、おもいついた。

浅草・永住町《ながずみちよう》の家から深川までは、およそ、一里半はあったろう。

私は、ためておいた小遣いで〔東京市区分地図〕というのを本屋から買って来た。たぶん、五十銭ほどだったろう。一円はしなかったとおぼえている。

余談になるが、この地図を買ってから、私の大きなたのしみが増えた。東京という都会が、これほどに大きく、変化に富んでいるものとは知らなかったので、小遣いをためては市電に乗って、たとえば麴町《こうじまち》のあたりから皇居周辺を歩きまわるとか、九段《くだん》の靖国《やすくに》神社へ行くとか、神田《かんだ》の本屋街へ出かけるとか……それが映画見物と共に、何よりのたのしみになった。私は、いそがしくなった。そのためか、小学校五、六年のときの成績が落ちてしまったほどだ。

いまだにおぼえているのは、この地図を買ってから先《ま》ず第一に出かけたのは、芝《しば》・高輪《たかなわ》の泉岳寺《せんがくじ》だった。

いうまでもなく、この寺には赤穂浪士《あこうろうし》四十七名の墓がある。それを見たいとおもったのは、芝居や映画などで観《み》た〔忠臣蔵《ちゅうしんぐら》〕が頭にしみこんでいたからだろう。当時の市電は東京市中のどこへでも乗り換えて七銭で行けたわけだが、それにしても泉岳寺へ行ったときは、私にとって大旅行だった。

それから、また、堀部安兵衛《ほりべやすべえ》が十八番斬りをやったという〔高田《たかだ》の馬場《ばば》〕へ出かけたが、そこの陸軍の射撃場にびっくりしただけで、むかしの高田の馬場が何処にあったのか、さっぱりわからぬままに帰って来た。江戸時代の馬場跡をたしかめたのは、つい、十五年ほど前に、堀部安兵衛の一生を小説に書いたときである。

さて……。

深川から歩いて帰るときは、永代橋《えいたいばし》の手前を北へ曲がり、仙台堀《せんだいぼり》をこえ、小名《おな》木川《ぎがわ》へ架かる高橋《たかばし》をわたって本所《ほんじょ》へ出るわけだが、その高橋をわたった右側に、何やら芝居の舞台に出て来るような瓦屋根の、総格子の表構えの店があるのに気づいた。

見ると、これが〔どぜう屋〕である。

店の名は〔伊《い》せ喜《き》〕で、夏などは入れ込みに押しつめた人びとが汗をかきかき、泥鰌鍋《どじようなべ》をつついている。

（ははあ、ここにもどぜう屋があるな……）

と、おもった。

浅草の〔駒形《こまがた》どぜう〕の方は、数え切れぬほど通っていたからだ。

小学校を出て、はたらきはじめ、給料というものをもらうようになってから、私は、しばしば〔伊せ喜〕へ足を運んだ。

はじめは、どぜうなど、うまいともおもわなかったけれども、底の浅い鉄鍋を前にして、薬味の葱《ねぎ》を泥鰌の上へ盛り、煮えあがるかあがらないかというときに、引きあげて食べる。そういうことをしていると、何か一人前の大人になったようで、いい気分だったのである。
十六、七になると、私は、二十二、三に見られたたし、警官の前で煙草《たばこ》を吸っても咎《とが》められることもなく、伊せ喜で酒をのんでいても怪しまれなかった。
つまり、それほどに、

「老けた顔つき……」

だったのだろう。

辛《かろ》うじて戦災に焼け残った一、二枚の、そのころの私の写真を見ると、まるで、

「苦虫を嚙《か》みつぶしたような……」

愛嬌《あいきょう》のない顔をしている。

もっとも、そのおかげで、私はずいぶん、得をしてもいるのだ。

戦後、長い間、深川へも伊せ喜へも足を運ばなかった私だが、六、七年前から、年に何度かは出かけるようになった。

入れ込みへすわって、他の客たちと肩をならべながら、泥鰌鍋をつつく気分は何ともいえぬ。

そうした客たちの会話が、私には絶好の肴《さかな》になってくれる。

*

高橋から、すこし北へすすむと森下町《もりしたちょう》になる。

ここには馬肉鍋《さくらなべ》の〔みの家《や》〕がある。

ここも入れ込みで、伊せ喜と同じ気分である。

「馬の肉が、こんなに、うまいものなのか……」

はじめて、ここへ入って食べたとき、ほんとうに私はびっくりした。

この〔みの家〕だったか〔伊せ喜〕だったか、よくおぼえていないが、どちらかの店で、若い女中が恋人の苦学生がやって来ると、店の人たちにわからぬよう、そっと握り飯をつくって新聞紙へ包み、

「ねえ……夜半《よなか》に、おあがんなさいな」

と、わたしているのを見たことがある。たしか〔みの家〕ではなかったろうか……。

いまだに、その女中の顔と、苦労をしながら大学に通っている青年の顔をおもい出すことができる。

「だめよ。たんと食べなくちゃあ……」

「うん……」

などと、ひそかに、あわただしくささやきかわしていた、あの若い二人は、いまも元気でいるだろうか。

(いや、中に戦争が入って来やがったから、もしかすると戦死をしてしまったかも……?)

などと、おもったりするのだ。

実際のところ、私が深川へ遊びに出かけたころの友だちの大半は、戦死か戦病

死をしてしまった。

「こいつを食べると、何となく元気が出て来るような気がする」

よく、そういっていた母の従弟《いとこ》も、戦争へ出て身を痛めたのが原因で、戦後間もなく亡くなってしまった。この従弟と私とは、同じ場所ではたらいていたが、躰も弱く、その弱い躰が、どぜうを要求したものか、伊せ喜へ三日に一度は通っていたものだ。

私は子供のころから、深川不動の門前で売っている清水の〔金つば〕が大好きで、深川へ行けば、かならず買って来たものだが、ちかごろは品切れのことが多いし、何だか、店先もがらんとしていて、めったに食べられない。

私は若いころから、いくら酒をのんでも、その後で何か甘いものがほしくなる。だから〔伊せ喜〕へ行くときも、前もって深川不動へ参詣し、金つばを買って、ぶらぶらと高橋まで歩くのが常だった。

濃い夕闇の中に、小名木川を行く舟をながめていると、いつまでも飽きなかった。

とっぷり暮れてから〔伊せ喜〕へ入ると、母の従弟のTが待っていて、早くも酒をのみはじめている。

のんで食べて、最後に茶をもらって、おもむろに金つばを取り出すと、Tがじろりと見て、

「馬鹿ァよせ」

といった、その声を、いまも、おぼえている。

東京下町の香りなどというものは、すっかり消えてしまったが、深川や佃島《つくだじま》へ行くと、まだ、その残り香が、そこはかとなく、ただよっているようだ。

二章　味の歳時記

［一月］橙《だいだい》

フランスの田舎《いなか》へ行くと、少年少女たちが朝から夜まで一所懸命にはたらいていて、ホテルでは自家製のハムやバター、牛乳、パンなどでもてなしてくれる。

そうした食物《たべもの》の味は、まぎれもなく戦前の東京で私たちが享有《きようゆう》していたものだが、いまは取り返しがつかぬところへ消え去ってしまったものだ。

レ・ゼジーの村のホテルで、女中さんをしていた十六歳の少女へ、

「パリへ行きたくないかね？」

尋《き》いたら、にっこりとして、

「パリは別の国です。私はレ・ゼジーがいい」

と、こたえた。

澄み切った空の下で、田舎は、あくまでも田舎の匂いがしている。

何日も田舎ですごしてパリへもどって来ると、パリが何だか色褪《いろあ》せて見える。

ガスコーニュのホテルの朝食に出た焼きたてのパンのうまさに、あまりパンが好きでない私が食べ残しを紙に包んだものだが、

（こういうところのクリスマスや正月は、どんなだろう？）

ふと、想《おも》った。

おそらく、むかしからの行事が教会を中心にしておこなわれ、自家製の御馳走《ごちそう》が食卓に並ぶことだろう。

東京の、近ごろの若い夫婦は、正月の御供えも飾らぬそうな。

年の暮れも正月も、単に休暇とボーナスが出るだけのよろこびで、風致の破壊と共に季節もわからぬ三百六十五日を送るのみとなりつつある。

正月の食卓にトマト・サラダが出るのだから、どうしようもない。

私は七歳のとき、父母が離婚したので、浅草・永住町の祖父の家へ引き取られた。

家は、関東大震災後に流行した軽トタンぶきの屋根の二階建てだった。階下は道路に面して土間《どま》に三畳、六畳、台所に便所。二階が三畳に六畳に物干という典型的な下町の間どりで、飾り職人の祖父は、土間つづきの三畳で指輪や帯留、かんざしなどを造っていた。

いまだに忘れないのは、物干から上野駅に発着する汽車が見えたことだ。大通りには荷車を挽《ひ》く馬の糞《ふん》の匂いがただよってい、夏の夕暮れなど、道に蝙蝠《こうもり》まで飛び交っていたが、いまの東京は、
「鴉《からす》にも見はなされてしまいましたねえ」
と、先日も知り合いの老人が苦笑まじりにいったものだ。しがない職人の暮しにも、季節の移り変りが切っても切れぬ影響をおよぼしていた。そのクライマックスが年の暮れだったろう。いかに貧乏暮しをしていても、畳を替え、襖《ふすま》・障子を貼り替え、松飾りをし、気分をあらため、意気込んで新しい年を迎えるのだった。

私なども十歳のころには、障子貼りをやらされたものだ。そのころの東京の、年の暮れの寒さというものは、いまの人たちに想像もつくまい。

吹きまくる寒風も、ヒビやアカギレも何処へ行ってしまったものか……。

バケツの冷水で障子を洗い、乾いたところから、剃刀《かみそり》を小さな口にくわえ、障子の桟《さん》に糊《のり》を打ってゆくとき、われ知らず胸がときめいてくる。

（正月だ。正月が来る……）

このことである。

子供のことだから、学校も休みになっているし、小遣いもたくさんもらえる。貧乏は貧乏なりに御馳走も食べられるというわけで、それがたのしみなのはいうまでもないが、何よりも、日ごとに年が押しつまってくる緊張感と、新しい畳の匂いと、貼り終えた障子の白さなどが一つになって、子供たちの昂奮《こうふん》を唆《そそ》る。小さな薄よごれた我家が、年の暮れには、まるで別の家のように、清々《すがすが》しく見えた。祖母や母が、どうして年を越そうかと、やりくりの相談をする声も、むしろおもしろい。

そして、御供えが飾られる。

小さな仏壇の脇の空間に半紙を置き、大小の鏡餅を供え、その上へ一つ二つ葉の残った橙を乗せる。

その、あざやかなオレンジ色の橙を見ると、私の胸は、またさわぎはじめる。

新しい年が明け、正月十一日に御供えの餅をこわし、汁粉（私の家では雑煮だった）にするとき、祖母が橙の汁を茶わんに搾り、たっぷりと砂糖を加え、熱湯をさして、

「さあ、風邪を引かないようにおあがり」

と、私にくれる。

これが、正月の何よりのたのしみだった。

オレンジでもない、蜜柑《みかん》でもない。橙の汁の風味はもっと濃厚で、酸味が強く、香りもすばらしい。これを泥行火《どろあんか》へ足を突込んで、ふうふういいながら飲むと、小さな躰にたちまち汗が滲《にじ》んでくる。その暖さ、そのうまさは何ともいえぬ幸福感をともなっていた。

子供のころの私は、橙は正月の御供えの上に、たった一つ乗せるもので、大変にありがたい果物であると信じ込んでいたようだ。八百屋へ行って買い込んでおけば、いくらもあったのだが、それも知らず、ただ何となく、

(橙は蜜柑なんぞとちがって、めったに売っているものじゃあない)

そうおもい込んでいた。

というのも、妙に厳かな御供えの上に飾られてあったからだろう。

だから、御供えの上の橙のジュースを飲んでしまうと、

(また、来年のお正月が来れば飲める……)

すぐにまた、つぎの正月が待ち遠しくなるのだった。

「もっと、橙が飲みたい」

といえば、別に高価な果実ではないのだから、祖母も母も買ってくれたろうが、

私がねだろうともしないので、何も気づかなかった。

私のみならず、むかしの子供たちには、大なり小なり、こうしたところがあった。

橙は、いうまでもなく柑橘《かんきつ》の一種であって、見たことはないが白い花をつけるそうな。

実が熟しても採取をせず、木に残すと、夏は青緑、冬は黄色く、ふたたび熟する。

「だいだい」と名づけられたのも、このような橙の実に、

「代々相伝え、絶ゆることのない……」

姿を見て、縁起ものにしたのだろう。

冬になると、橙が八百屋で売られていることを知ったのは、小学校の卒業も間近くなってからだ。

小学校を出ると、私はすぐに、はたらきに出た。

大人の世界へまじり込み、

(一日も早く、大人になりたい)

そうおもいながら、あわただしく日々をすごすようになると、いつしか、橙の

【一月】橙の汁

オレンジでもない
蜜柑でもない
橙の汁

橙の汁に
たっぷりの砂糖
そして
熱湯をさして…

汁の味も忘れてしまったようだ。

それでも後年になって、ふと、おもい出し、橙を搾って飲むこともあったが、子供のころの熱い期待とよろこびは、しだいに遠退《とおの》いて行った。

もっとも、ちかごろの橙の味は、むかしのそれと、すっかりちがってしまった。味噌《みそ》や卵や、醬油《しょうゆ》の味がちがってしまったように……。

［二月］小鍋だて

いま、私が小説新潮誌へ連載をしている〔剣客商売《けんかくしょうばい》〕の主人公で老剣客の秋山《あきやま》小兵衛《こへえ》は、これまでに出合った何人もの人びとがモデルになっているし、やがては、おのれのことをも書きふくめることになったわけだが、その風貌は、旧知の歌舞伎俳優・中村又五郎《なかむらまたごろう》氏から採った。

つぎに、一つのヒントをあたえてくれたのは、むかし、私が株式仲買店ではたらいていたころ、大変に可愛《かわい》がってもらった三井《みつい》老人だった。

三井老人は、私の友人・井上留吉《いのうえとめきち》の知り合いで、兜町《かぶとちょう》の小さな現物取引店の外交をしていたが、いかにも質素な身なりをして兜町《しま》へ通勤して来る。どこかの区役所の戸籍係のようで、とても株の外交をしているようには見えなかった。深川の清澄町《きよずみちょう》の小さな家に、二匹の猫と、まるで娘か孫のような若い細君と暮していたが、金はたっぷりと持っていたようだ。

若い井上と私が、六十に近い三井老人と知り合ったのは、長唄の稽古と歌舞伎見物が縁となったのだ。

三井さんは、私たちに気をゆるすようになってから、

「宅へもお寄んなさい」

こういってくれ、それからは、しばしば清澄町へお邪魔をするようになった。

三井さんは長唄の三味線もうまかった。それでいて、他人前《ひとまえ》では決して唄《うた》わず、弾かなかった。

私どもが三井さんの腕前を知っていたのは、稽古へ行く場所が同じだったからである。

さて、いつのことだったか、よくおぼえてはいないが……。

二月に入ったばかりの寒い夜、私は深川で用事をすませた後に、おもいついて三井さんの家を訪ねた。

三井さんは、お客のところから帰って来たばかりで、長火鉢の前へ坐《すわ》り、晩酌をやっていた。

「ま、おあがんなさい。家のは、いま、湯へ行ってますよ」

「かまいませんか」

「さ、遠慮なしに……」

長火鉢に、底の浅い小さな土鍋がかかってい、三井さんは浅蜊《あさり》のむき身と白菜を煮ながら、飲んでいる。

この夜、はじめて私は小鍋だてを見たのだった。

底の浅い小鍋へ出汁《だし》を張り、浅蜊と白菜をざっと煮ては、小皿へ取り、柚子《ゆず》をかけて食べる。

小鍋ゆえ、火の通りも早く、つぎ足す出汁もたちまちに熱くなる。これが小鍋だてのよいところだ。

「小鍋だてはねえ、二種類か、せいぜい三種類。あんまり、ごたごた入れたらどうしようもない」

と、三井さんはいった。

このような、しゃれた小鍋だてではないが、浅草には三州屋《さんしゆうや》とか騎西屋《きさいや》とかいう大衆食堂があって、小さなガス台の上に一人前用の銅や鉄の小さな鍋をかけ、盛り込みの牛なべ、豚なべ、鶏《とり》なべ、蛤《はま》なべなどがあり、早熟な私は小学生のころから、二十銭ほど出して、

「蛤なべに御飯おくれ」

などといっては、銀杏返《いちょうがえ》しに髪を結った食堂のねえさんに、

「あら、この子、なまいきだよ」

と、やっつけられたこともある。

下町の子供は、何でも、

「大人のまねをしたがった……」

のである。

だが、そうした食堂の小鍋は、どこまでも一人前という便宜から出たもので、中のものを食べてしまえばそれきりだ。

三井さんのは、平たい笊《ざる》の上へ好きなだけ魚介や野菜を盛り、それを煮ては食べ、食べては煮る。

（いいものだな……）

つくづく、そうおもった。

おもったがしかし、当時の私は、まだ十代の若さだったから、小鍋だてをたのしむよりも、先ずビフテキだ、カツレツだ、天ぷらだ、鰻《うなぎ》だ……というわけで、われから、

（やってみよう）

とは、おもわなかった。

三井さんも、また、

「こんなものは、若い人がするものじゃあない」

苦笑して、強いてすすめようとはしなかった。

ところが、四十前後になると、私は冬の夜の小鍋だてが、何よりもたのしみになってきた。

五十をこえたいまでは、あのころの三井さんのたのしみが、ほんとうにわかるおもいがしている。

小鍋だてのよいところは、何でも簡単に、手ぎわよく、おいしく食べられることだ。そのかわり、食べるほうは一人か二人。三人となると、もはや気忙《きぜわ》しい。

鶏肉の細切れと焼豆腐とタマネギを、マギーの固型スープを溶かした小鍋の中で煮て、白コショウを振って食べるのもよい。

刺身にした後の鯛《たい》や白身の魚を強火で軽く焼き、豆腐やミツバと煮るのもよい。

貝柱《ハシラ》でやるときは、ちりれんげで掬《すく》ったハシラを、ちりれんげごと小鍋の中へ入れて煮る。こうすれば引きあげるときもばらばらにならない。

これへ柚子をしぼって、酒をのむのは、こたえられない。

むろん、牡蠣《かき》もよい。

豚肉のロースの薄切りをホウレン草でやるのも悪くない。つまり、小ぶりの常夜鍋というわけ。

材料が変れば、それこそ毎晩でもよいし、家族も世話がやけないので大いによろこぶ。

だから私はいわゆる〔よせ鍋〕とかいって、魚や貝や鶏肉や、何種もの野菜や豆腐などを、ごたごたといっしょに大鍋で煮て食べるのは、あまり好きではない。

それぞれの味が一つになってうまいのだろうけれど、一つ一つの味わいが得られないからだ。

大根のよいのが手に入ったときは、これを繊切りにして豆腐と共に煮る。そのとき、豚の脂身の細切りをほんの少し入れ、柚子で食べるのも悪くはない。

いずれにせよ、三井老人がいったように、二種類か三種類。ゆえに牛肉のすき焼をするときも、私は葱をつかうだけだ。豆腐もシラタキも入れない。

鍋の種類によっては、おしまいに出汁を紙で漉《こ》し、これを熱い御飯にかけまわし、さらし葱のきざんだのを少し入れて食べる。

三井老人は深川が戦災を受けたときに亡くなったそうな。

【三月】小鍋だていくつか

浅蜊と白菜

鶏肉と焼豆腐
タマネギ（マギーのスープ）

白身の刺身を
軽く焼いて
豆腐とミツバ

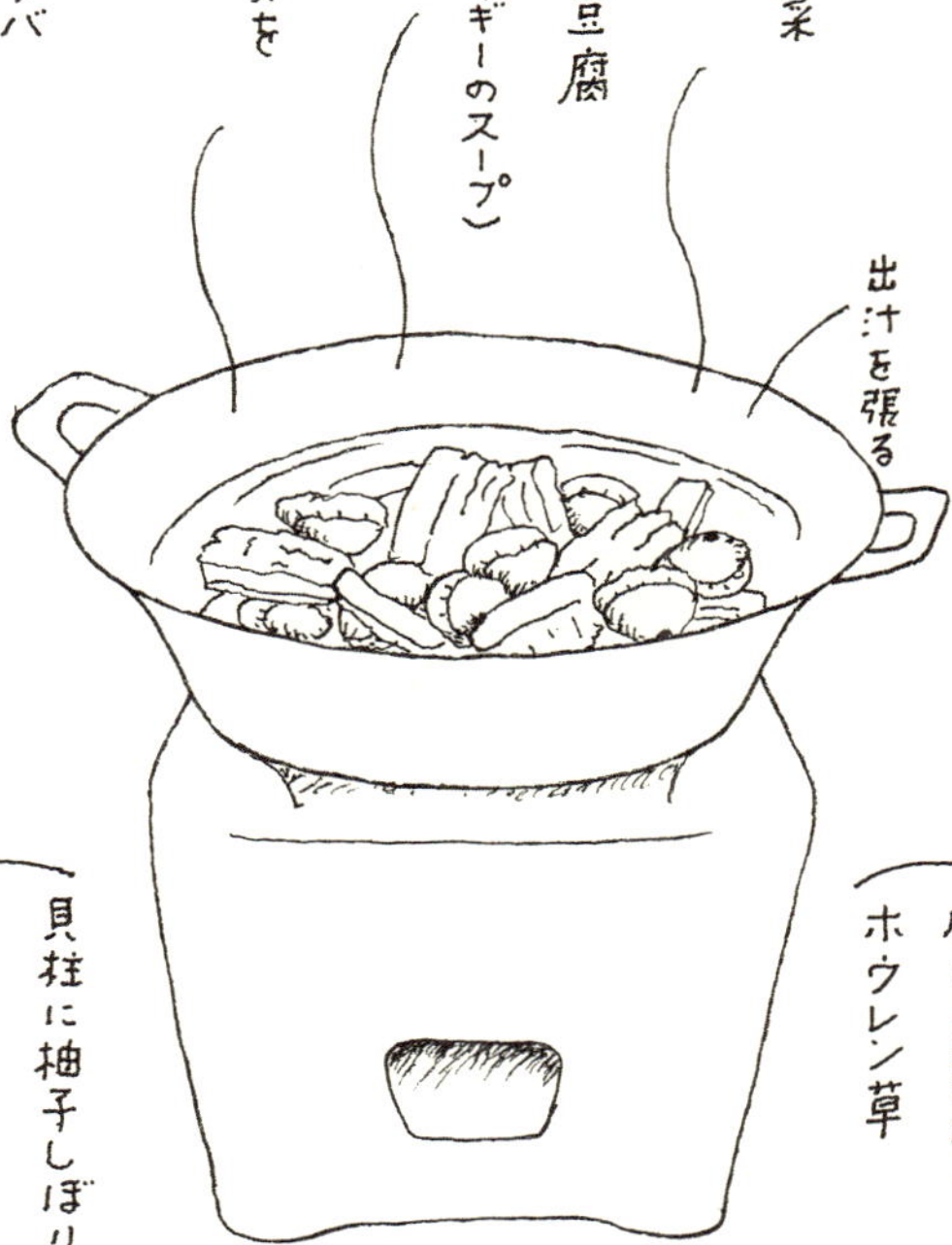

豚ロース薄切り
ホウレン草

貝柱に柚子しぼり
（合わせるのはミツバ）

［三月］白魚《しらうお》と蛤《はまぐり》

二月の［小鍋だて］の章に出て来る株屋の外交員・三井老人が所属していた店は、兜町の小さな現物取引店だったが、経営状態は、なかなかよかった。

この店の主人《たいしよう》の吉野《よしの》さんにも、私と井上留吉は可愛がられたものだ。

吉野さんに私どもを引き合わせてくれたのが、三井老人であることはいうまでもない。

私の母方の祖父・今井教三《いまいきようぞう》は、飾り職人で、浅草の永住町に住み、私は幼時、この祖父の手許《てもと》で育った。

そのことを吉野さんにはなすと、

「おどろいたね」

と、いう。

「何がです？」

「私は、君のおじいさんに、指輪をあつらえてもらったことがあるよ」

「へえ……そうでしたか」

このときから、吉野さんは私と井上を可愛がってくれ、いろいろと世話をしてくれるようになった。

吉野さんは鰻が大好物で、私はよく、浅草の〔前川《まえかわ》〕へ連れて行かれた。

鰻が焼けてくるまでの、かなり長い間を、酒をのみながら待つわけだが、吉野さんは、

「鰻が、まずくなる」

というので、鰻の前の酒の肴は、新香《しんこう》の一片も食べさせなかった。

吉野さんは、たしかに三人前の鰻をたいらげたものだ。講武所《こうぶしょ》の芸者だったとかいう若い女を八丁堀《はっちょうぼり》の小さな仕舞屋《しもたや》へ囲っていた所為か、鰻やら牛肉やら、六十をこえた吉野さんは、やたらに「精がつく……」ものを食べたがった。

その中でも鰻は大好物だったわけで、太平洋戦争が始まって間もなく、吉野さんが重病にかかったとき、そのころはもう、自由に食べられなくなっていた鰻を何とか都合して、吉野さんの見舞いに出かけたことがある。

そのとき、吉野さんは、

「私は、もう死ぬよ。だから一つ、最後のたのみをきいておくれ」

と、私に奇妙なたのみごとをした。

そのいきさつは〔あほうがらす〕という短篇《たんぺん》に書いたが、小説の中の吉野さんは神田の袋物問屋・和泉屋万右衛門《いずみやまんえもん》となっており、私は、その弟の宗六《そうろく》になっている。

「たのむから正《しょう》ちゃん。かね子（二号）の、秘所《あそこ》の毛を一すじ、持って来てくれ」

と、吉野さんはいったのである。

その吉野さんに、早春の或《あ》る夜《よ》、浅草の料亭〔草津《くさつ》〕へ連れて行かれたときのことだが、白魚へ卵を落しかけた椀盛《わんも》りが出た。

それを口にするとき、あの細くて、小さくて美しい可憐《かれん》な白魚に、

「あ、ごめんよ。ごめんよ」

と、あやまりながら箸を取った吉野さんの顔や姿が、春先になると、ふっとおもい浮かんでくる。

明《あけ》ぼのや　しら魚白きこと一寸　　芭蕉《ばしょう》

ふるいよせて　白魚崩れんばかりなり　漱石《そうせき》

長二、三寸。腸《はらわた》もないかとおもうほどの、すっきりと細い体は透明で、そこに、黒胡麻《くろごま》の粒を落したような可愛らしい目がついている白魚である。

たとえ、料理をした白魚とはいえ、おもわず発した吉野さんのつぶやきを、私は忘れることができない。

この、つぶやきゆえにこそ、私は亡き吉野さんが大好きなのだ。

白魚のしゅんは二月といわれるが、春の足音は目立たぬように近寄っていて、明るい灯火の下で、無残や、酔客《すいかく》の口中へ入る白魚の姿に、短い春の果敢《はか》なさが感じられる。

ところで、江戸の白魚は、徳川御三家の一、尾張《おわり》から将軍へ献上され、これを品川沖《しながわおき》へ移し、やがて江戸湾に浮かぶ佃島の漁師たちへ漁猟権があたえられたという。

「……佃島は殊更白魚に名あり。故に冬月の間、毎夜、漁舟に篝火《かがりび》を焼《た》き、四手網《よつであみ》をもって是《これ》を漁《すなど》れり。都下おしなべて是を賞せり。春に至り、二月の末よりは川上に登り、弥生の頃、子を産す」

と、物の本にある。

あくまでも淡泊な、ほろ苦い白魚の味は、若いころの私には格別に旨いともおもえなかったが、その美しい姿態には、いまも心を奪われてしまう。

そこへゆくと、蛤には目も口もない。

むかしは、陰暦の三月三日の雛節供から仲秋の八月十五夜まで、蛤を口にせぬのがならわしだったという。

ゆえに、蛤には、逝く春を惜しむ風情がある。

先ず、貝の中で、これほどに旨いものはない。

鍋にしてよく、焼いてよく煮てよく、蒸してよい。

ことに、独活をあしらった塩味の吸物は私が最も好むところのものだ。

だが、吉野さんは何と、この蛤が大きらいだった。

「そんなものを、よく食べるねえ、君は……」

顔を顰める吉野さんへ、私が、

「主人は、こんな旨いものが、どうしてお嫌いなんです?」

「嫌いなものは嫌いなんだ。願わくは君、私の前で、そんなものを食べないでおくれ」

【三月】白魚と蛤

白魚の椀盛り
卵でとじる
（ミツバを加えて）

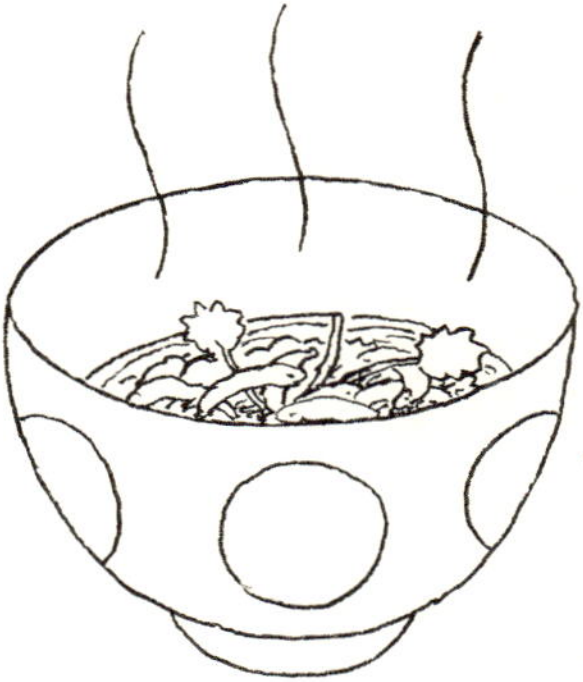

♫どっちもどっち

蛤湯豆腐
（大根の薄切りを
入れると柔らかくなる）

薬味いろいろ

と、何やら哀《かな》しげに、訴えかけるようにいうのである。

三井さんは、

「うちの主人《たいしょう》は、蛤に苦い汁をのまされたことがあるんじゃあないかねえ」

一度だけ、私に洩《も》らしたことがあった。

むかしの蛤は、庶民の食べものだった。

飯に炊き込み、もみ海苔《のり》をかけて食べたり、葱と共に味噌で煮て丼飯へかけて搔《か》き込む深川飯など、私も少年のころによく食べさせられたものだ。

かの〔本草綱目《ほんぞうこうもく》〕には、

「肺を潤し、胃を開き、腎を増し、酒を醒《さ》ます」

とあって、栄養価も高いのではないか。

伊勢《いせ》の桑名《くわな》の旅宿〔船津屋《ふなつや》〕へ泊ると、朝の膳に蛤が入った湯豆腐が出る。

この湯豆腐で酒をのむ旅の朝の一時は、何物にも替えがたかった。

いまも出しているか、どうか……。

いまの蛤は、何しろ高い。

とても庶民の口へは入らぬ。

それでも、ほんとうに旨い蛤を食べさせる鮨屋《すしや》や料理屋が東京にもないではないが、仕入れは絶対に秘密である。私も知らぬ。
それほどに、蛤らしい蛤が滅びつつあるわけだろう。

［四月］鯛と浅蜊

子供のころ、私は鯛を食べたおぼえがない。

父母が離婚する前は、父が宴席から、折詰をさげてきて、その中に鯛の塩焼きも入っていたろうが、何しろ、父母は私が七歳のときに離婚してしまったので、その記憶もない。

小さいときの記憶というのは……たとえば、石切場で遊んでいたとき、石が落ちてきて怪我《けが》をしたとか、父と共に日本橋《にほんばし》の写真屋で記念撮影をしたとか、五つか六つの、そうした記憶はあざやかに残っていながら、食べものについての記憶は、ほとんどない。

子供が好きな食べものといえば、およそきまっていて、味覚への特別な感動もなかったにちがいない。

少年になってからは、母が女手ひとつに私たち兄弟を育てていたのだから、腹いっぱいに食べさせてもらってはいても、ぜいたくなものが口へ入るわけはない。もっとも私は小学生のころから、大人のまねがしたくて、小遣いをためてはデパートの食堂へ行き、ビフテキなどを一人でやったことはあるけれども、デパートの食堂に鯛の料理はない。また、あったところで、私は見向きもしなかったろう。

子供のころは、野菜や魚よりも肉だ。そして甘いものだ。

小学校を出て、すぐに私は株式仲買店ではたらきはじめ、そうなると行動の範囲もひろくなり、商売柄、小遣いもたっぷりあるというわけで、自然、いろいろなものを口にするようになった。株券の名義書き替えのため、自転車に鞄《かばん》をつけて丸《まる》の内《うち》の会社まわりをしていたころ、同じ株屋の店員だった井上留吉と共に、はじめて銀座《ぎんざ》の資生堂《しせいどう》で、こんがりと焼けたトーストの上にローストビーフが乗っている〔ホット・ローストビーフ・オン・トースト〕を食べたときのおどろきは、いまもって忘れがたい。世の中に、こんなうまいものがあるとは知らなかった。たしか一円だったとおもう。当時の一円で映画の封切が二回観られた。

こうしたわけで、物怖《ものお》じもせず、諸方へ食べに出かけはじめたが、日本橋の三越《みつこし》の手前に〔花《はな》むら〕という店があって、ここは、むかし、日本橋に魚河岸があったころの名残《なご》りをとどめているかのような……たとえば、上等の〔めしや〕といったらよいか、しかし〔めしや〕というには、あまりにも、しゃれている店だし、さりとて料理屋と一言ではいいきれぬ昔ふうの味わいがあって、入口を入ると鉤《かぎ》の手の土間にかこまれた入れこみの大座敷で、たしか籐畳《とうだたみ》が敷きつめてあった。

私は、この〔花むら〕で、はじめて鯛の刺身を食べ、これまた、あまりのうまさに目を剝《む》いたのだった。

はじめて入ったとき、何を食べたかおぼえていないが、そのとき、となりにいた老人の客が鯛の刺身で御飯を食べているのが、あまりにうまそうだったので、四、五日して、また〔花むら〕へ行き、鯛を注文したのだった。

それから私は、鮪《まぐろ》よりも何よりも、刺身なら鯛が大好物になってしまった。

まさに、鯛は魚類の王様といってよい。

風姿、貫禄《かんろく》、味、ともに王者の名にそむかぬ。

食べごろの鯛は、さまざまの調理に応じ、千変万化する。その味わいの複雑さには驚嘆するほかはない。

鯛の味が落ちるのは産卵後の初夏のころで、秋冬の成熟した味もよいが、何といっても鯛には春の季節感がある。

四国の今治《いまばり》の近見山《ちかみやま》あたりの料亭で出す桜鯛の塩蒸しを、芽しょうがをあしらった大皿へ横たえ、おもうさまに食べるうまさ、たのしさは格別だが、あまりにも立派で美しい、その姿を見ては、白魚に詫《わ》びながら箸をつけた吉野さんではないが、おもわず鯛に向って、

「ごめんなさいよ」

と、いいたくなる。

人間なんて、実に、むごいものだ。

私が、家で鯛の刺身をやるときは、生醤油《きじょうゆ》へ良い酒を少し落し、濃くいれた熱い煎茶へ塩をつまみ入れたのを吸物がわりにして御飯を食べる。

私にとって、鯛の刺身は酒よりも飯のものだ。

むろん、酒の肴にしても悪かろうはずはないが、何といっても温飯《あつめし》と共に食べる鯛の刺身ほど、うまいものはない。

もう二十何年も前のことだが、春の夕暮れどきの銀座を歩いていて鯛の刺身を食べたくなり、有名な店へ入ったが、ふところがさびしかったので、隅のほうの椅子へかけ、鯛の刺身と蛤の吸物で酒一本をのみ、刺身を半分残しておいて御飯

を一ぜん食べて「ああ、うまかった」と、おもわず口にしたら、カウンターの向うの板前が、にっこりと笑って軽く頭を下げてくれた。

いまの、この店には、こうした雰囲気が失われてしまったし、客に出す料理も実にひどいものになってしまった。

折詰の、さめてしまった鯛の塩焼きもいいものだ。

深目の鍋に湯を煮立て、鯛はまるごとに入れ、煮出したら豆腐のみを入れる。味つけは酒と塩のみがよい。

これを小鉢へ引きあげ、刻み葱を薬味にして食べるのは、飯よりも酒のときだろう。

瀬戸内海《せとないかい》の備後灘《びんごなだ》に面した鞆《とも》の鯛網は有名なもので、私も一度だけ見物をしたことがある。

鯛網に来てゐる鞆の芸者かな　　　桂樹楼

また、こんな句もある。

【四月】鯛と浅蜊

鯛の刺身を

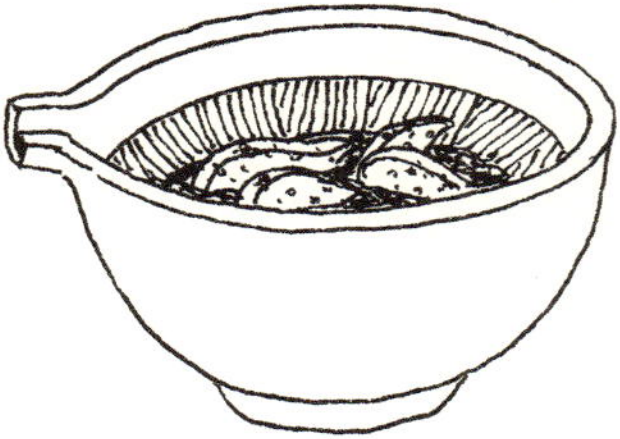

すり胡麻、少しの出汁
酒と醤油、わさびの汁につけ
そのままでも、温飯にのせても

↑ワタシは卵黄も加える

浅蜊と大根

出汁で繊切り大根を煮て
柔らかくなったら、浅蜊のむき身を
投入。ワタシはコショウを振って…

再縁といへど目出度《めでた》し桜鯛　麻葉

同じ春のものでも、鯛とちがって浅蜊は、私どもが慣れ親しんだ食用貝（蛤科）である。

私が子供のころ、浅蜊は買いに行かなかった。

毎日のように、荷を担いで売りに来たものだ。

河竹黙阿弥《かわたけもくあみ》の〔鼠小僧《ねずみこぞう》〕の芝居に出て来る蜆売《しじみう》りの三吉《さんきち》のような子供が大きな笊を担いで売りに来ることもあった。

「アサリ、シジミ……」

の売り声がきこえると、祖母や母が、ほとんど笊を手にして台所から出て行ったものだ。

貝のまま入れた味噌汁や、葱と合わせ、酢味噌で和《あ》えたヌタなど、大人たちといっしょに、いつも食べていたが、別にうまいとはおもわなかった。

だが、浅蜊のむき身を繊切りにした大根と、たっぷりの出汁で煮て、これを汁と共に温飯へかけ、七味トウガラシを振って、ふうふういいながら食べるのは大好きだった。

もう一つ、浅蜊飯もいい。

これは、先ず、むき身を煮出しておいて、いったん、引きあげてしまう。そして煮汁を酒、塩、醬油で味つけし、これで飯を炊く。

飯がふきあがってきたとき、出しておいた浅蜊のむき身をまぜ込み、蒸らすのである。

この二つは、いまも好きだ。

安価で、うまくて、いかにも東京らしい味がするし、男の独り者だって、わけなくできる。

　母あつて心足らうや浅蜊汁　　征矢《せいし》

　浅蜊とるさざ波洗うふくら脛《はぎ》　　稲村

[五月] 鰹《かつお》とキャベツ

河竹黙阿弥の傑作〔梅雨小袖昔八丈《つゆこそでむかしはちじょう》〕の二幕目の、深川・富吉町《とみよしちょう》の髪結新三《かみゆいしんざ》内の幕が開くと、前夜、材木商の白子屋《しらこや》の一人娘お熊《くま》を誘拐し、自分の長屋の戸棚へ押し込めた小悪党の新三が湯屋から帰って来る。房楊枝《ふさようじ》を頭へさし、広袖の手ぬぐい浴衣、高銀杏歯《たかいちょうば》の下駄《げた》を履いた新三が花道から出ると、その後から魚屋の新吉《しんきち》が盤台へ初鰹を入れ、売り声をあげてついてくる。すばらしい情景だ。

この芝居を初めて観たのは、まだ少年のころであったが、いうまでもなく新三は六代目菊五郎《きくごろう》で、歌舞伎座の客席に初夏の薫風が香るおもいがした。

新三は舞台へかかって、初鰹の片身を三分《ぶ》で買う。三分といえば、あと一分で一両になるわけだから、現代の生活感覚の上からは五万にも六万にもつくだろう。

通りかかった近所の男が、

「よく、おもいきって買いなすったね。わたしなどは三分あると単衣《ひとえもの》の一枚も買います」

そういうと魚屋の新吉が、

「お前さんのような人ばかりあると魚売りはあがったりだ。三分でも一両でも高い金を出して買うのは、初というところを買いなさるのだ」

と、やっつける。

江戸っ子と初鰹については、くだくだと書きのべるまでもあるまい。

南方から海をわたってくる鰹の群れは、薩南《さつなん》から土佐《とさ》を経て紀州へ。さらに遠州灘《えんしゅうなだ》をすぎ、伊豆《いず》半島へかかるころには脂ものって、初鰹のシュンということになる。

新三は誘拐したお熊をつかって、白子屋から大枚百両を強請《ゆす》りとるつもりだから、気前よく三分も張り込んだのだろう。

この初鰹は小道具として劇中にも絶妙に使われる。

黙阿弥の芝居の中でも、もっとも、私が好きなものだ。六代目の新三のとき、魚屋を演じていた尾上多賀蔵《おのえたがぞう》は、いまも尾上松緑《しょうろく》の新三に魚屋で出るが、数年前、尾上梅幸《ばいこう》と中村又五郎のために私が〔市松小僧の女〕という芝居を書いたとき、多賀蔵に魚屋の新七《しんしち》を演じてもらった。こうしたときのたのしさは芝居の脚本と演出をする者にとって、たまらないものなのだ。

そのときの魚屋の台詞《せりふ》を、ちょっと書いてみようか。

「ええ、おかみさん。浅蜊をもってきました。それから、こいつは銚子比目魚だが、ばかにできやせん。ここの旦那が好きだから持って来ました」

と、いうのである。

さて……。

太平洋戦争がはじまる前の、銀座の裏通りの小料理屋で、枝豆でビールを一本のみ、鰹の刺身を卸《おろし》ショウガで口へ運ぶとき、

(いよいよ、夏だな……)

しみじみと、そう感じたものだ。

それで勘定はたしか、一円五十銭ぐらいなもので、二円出して釣りを店のねえさんにやるというわけ。

それから、次なる場所へ元気一杯、繰り出したのである。

生鰹節《なまり》は鰹節にするときの未乾燥品だが、これを野菜と煮合わせたり、ことに割いたのを胡瓜《きゆうり》や瓜と合わせて甘酢をかけまわしたものは、私の大好物だ。これ

は、東京の下町に住み暮す人びとのなつかしい惣菜《そうざい》でもあった。

鰹のタタキも悪くはないが、やはり刺身がよい。そしてまた、鰹の刺身ほど、初夏の匂いを運んでくれる魚はない。

初鰹　伊勢屋の門は駆けて過ぎ

という川柳がある。

金持ちの吝嗇《りんしょく》を江戸っ子が嘲笑したのだ。

鰹は初夏の江戸の町に活《いき》のよい姿をあらわし、海に在る群れは秋風が吹くころ、三陸沖《さんりくおき》に至る。

秋の鰹もいいという人もいるが、何といっても東京に住む者にとっては、初夏の魚《うお》だ。

こんな句もある。

引提《ひっさげ》て　座敷へ通る鰹かな　　津富
舟着けば　たちまち立ちぬ鰹市　　道草

ところで、キャベツもまた、私にとっては初夏のものだ。

キャベツは、ヨーロッパ原産の蔬菜《そさい》で、日本へは江戸時代の初期に渡来したそうな。

そのころのキャベツは、

「めずらしきものなり」

というので、観賞用に好まれた。

一般に食用として普及したのは明治初年だろう。洋食も同時に普及したわけで、後年、ポーク・カツレツという日本風洋食に、キャベツの繊切りをつけ合わせたのがよくて、ポーク・カツレツにキャベツは切っても切れぬものとなった。

ウスター・ソースをたっぷりとかけ、からりと揚がったカツレツにキャベツをそえ、熱い飯で食べるうまさは、ほんとうに飽きない。

初夏の新キャベツの歯ざわりはことによろしく、銀座の古い洋食屋へ出かけてカツレツを食べるときは、

「別に、キャベツを一皿」

と、注文するほどだ。

【五月】鰹

鰹のタタキをつくる。
金串を刺して炎で焙っても
フライパンで両面焼いてもよい。
少し厚目に切って、
針しょうが、白髪ネギ、
茗荷と大葉の繊切りを散らし
ポン酢をかけまわす。
ニンニクはお好みで…

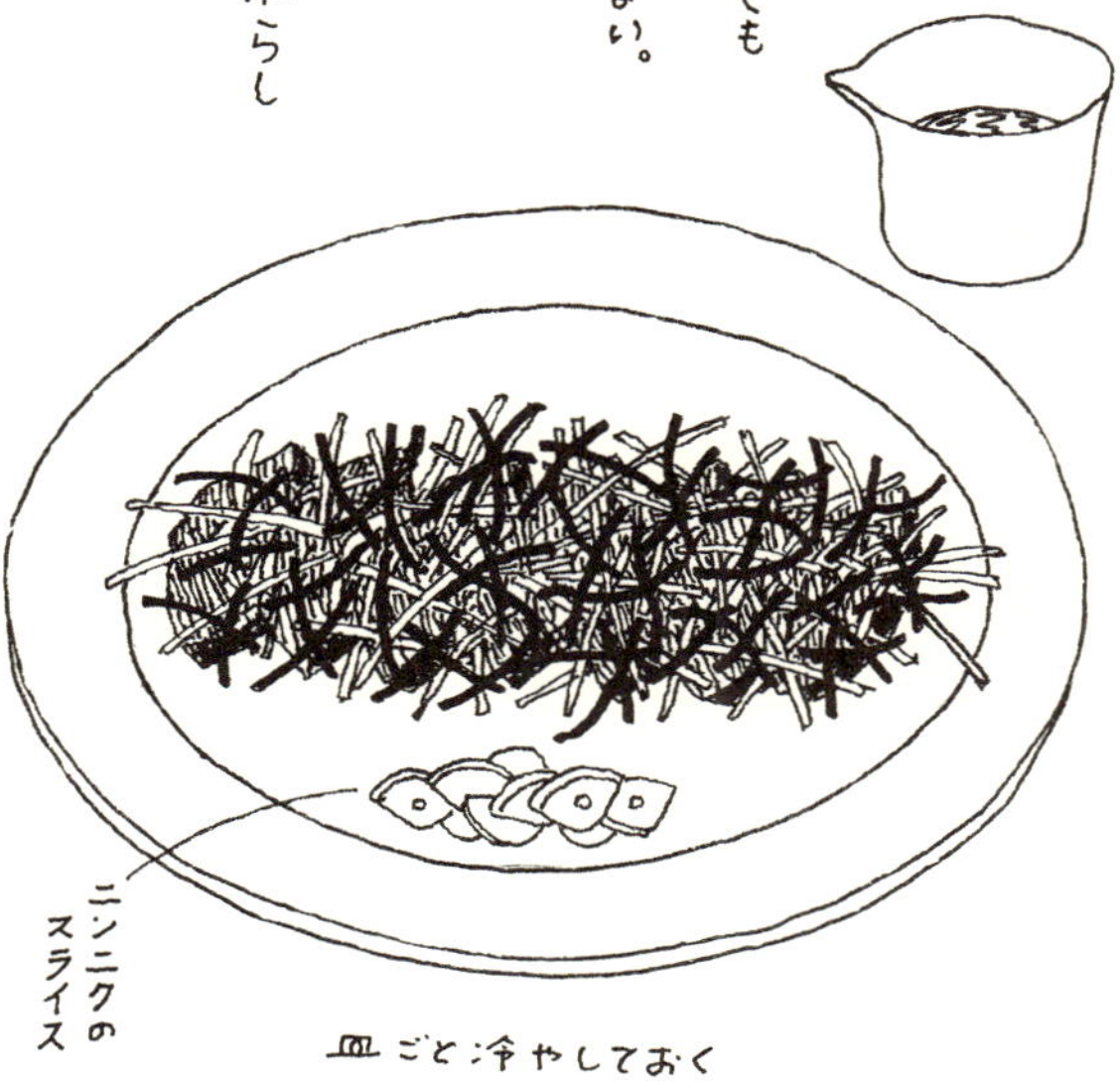

ナイフを入れると、コロモが音をたててくずれ割れてくるようなカツレツが大好きで、こういうカツレツこそ、キャベツの味も生きてくる。

子供のころは、ほとんど野菜に興味をしめさないものだが、キャベツだけは別なのではあるまいか……。

茹《ゆ》でたジャガ芋を親指のふとさほどに切り、パン粉をつけて、こんがりと揚げたポテト・フライを新キャベツと共に食べるのは、ビールの肴に何よりのものだ。

三年ほど前（昭和五十二年）に、南フランスのニースのカフェで、シャンパンをのんだとき、

「シャンパンに、もっともよい肴をたのむ」

といったら、たちまちにポテト・フライが出てきた。

キャベツも、この冬などは一個六百円という途方もない値段をつけられてしまい、親戚の女が、

「ロール・キャベツほど安あがりでうまいものはなかったのに、こんなじゃあ、キャベツにもありつけない」

と、こぼした。

去年、つくりすぎて売れ行きが悪かったので、今年は控えめにつくり、値が上

ったのだという。

それもあろうが、近ごろの子供たちは、キャベツとポテト・フライの組み合わせなどに、あまり食欲をそそられなくなってしまったのだろう。

私どもの小学生のころは、小遣いをもらうと、甘いものよりも、肉屋でポテト・フライを買い、キャベツと共に食べるのを何よりたのしみにしたものだった。

そして、キャベツと胡瓜の塩漬け。これも私には欠かせぬものだ。

［六月］鮎《あゆ》とさくらんぼ

魚の塩焼きといえば、何といっても鮎だろう。

ただし、焼きたてを、すぐさま頬張らぬことには、どうにもならぬ。

出されたのを、そのままにして酒をのみながら、はなし合っていたりしたら、その隙に、たちまち味は落ちてしまう。

なればこそ、近江《おうみ》・八日市《ようかいち》の料亭〔招福楼《しょうふくろう》〕などでは、客座敷の庭に面した縁側へ炭火の仕度をして、料理人が鮎を焼き、焼いたそばから食べさせる。

あまりに旨いので、

（もう少し、食べたい……）

おもう途端に、こちらの胸の内を見通したかのように、おかわりの鮎が運ばれてくる。

魚を食べるのが下手な私だが、気ごころの知れた相手との食膳ならば、鮎を両手に取って、むしゃむしゃとかぶりついてしまう。

鮎はサケと同類の硬骨魚だそうな。

清らかな川水に成育するにつれ、水中の石に附着する珪藻《けいそう》や藍藻（石垢《いしあか》）を餌とするので、それがため、魚肉は一種特別の香気を帯びる。その香気。淡泊の味わい。たおやかな姿態。淡い黄色もふくまれている白い腹の美しさを見ていて、

「ああ……処女を抱きたくなった……」

突如、けしからぬことを叫んだ男が、私の友だちの中にいる。

いまは、鮪でさえも養殖しようという世の中になってしまったけれども、鮎だけは、

「夏来る」

の、詩情を保ちつづけている。

歌舞伎俳優・市川猿翁《いちかわえんおう》（二代目猿之助《えんのすけ》。現・猿之助の曽祖父）は、昭和三十八年六月に七十五歳で病没したが、死の二日前に、弟の市川中車《ちゅうしゃ》へ、

「鮎の塩焼きが食べたい」

と、いったので、中車は知り合いの料理屋へ行き、

「兄の病気は心臓なのだから、塩を少くして、届けてくれ」

と、たのみ、自分は仕事で他へまわり、夜更けてから兄・猿翁の家へ電話をすると、

「兄は、どうしても私に礼をいいたいからと、寝ないで待っているというものですから、すぐに駆けつけますと、兄は、しみじみと、うまかったよ、ありがとう、と、いってくれましてね」

後年、私が書いた芝居の稽古場で、こういって、中車氏は微《かす》かに泪《なみだ》ぐんでいた。

鮎くれて　よらで過行《すぎゆく》夜半の門　蕪村《ぶそん》
山の色　釣り上げし鮎に動くかな　石鼎《せきてい》

二つとも、私の好きな句だ。


京都市の北西四里のところに、有名な愛宕山《あたごやま》がある。

山頂の愛宕神社の祭神は伊弉冉命《いざなみのみこと》、稚産日命《わくむすひのみこと》ほか数柱で、古いむかしから鎮火の神として朝野の崇敬があつい。

かの明智光秀《あけちみつひで》が織田信長《おだのぶなが》弑逆《しいぎやく》の吉凶をうらなったのも、この愛宕神社だ。

愛宕山から五十余町の山道を下り、清滝川《きよたきがわ》を渡り、試《こころみ》坂《ざか》を越えると、そこに、愛宕社の一ノ鳥居が緑したたる木立を背に朱色の姿を見せている。

その鳥居の傍《そば》に、わら屋根の、いかにも古風な、平野屋《ひらのや》という掛け茶屋がある。このあたりの景観も少しずつ壊れかけてきているが、私が二十何年も前に、はじめておとずれたときは、

「江戸時代そのもの……」


が、現出している感があった。

平野屋は、享保のころからある古い茶屋で、愛宕詣での人びとが、先ず此処《ここ》で一息いれてから山道をのぼったのであろう。

むかしは、保津川《ほづがわ》や清滝川でとれる鮎を、この茶屋まで運び、荷の中の鮎へ水を替えてやってから、京へ運んだという。茶屋の中も、江戸時代のおもかげを色濃くとどめてい、夜に来て、酒飯をしているときなど、照明も淡いので、

(夢の中にいるような……)


気分になってしまう。

もう、ずいぶん前のことだが、昼ごろに独りで来て、谷川をのぞむ縁台の緋毛《ひもう》氈《せん》の上で鯉《こい》の洗い、鮎の背越しに塩焼きを思うさま食べた。

山肌の青葉に埋もれつくしたかのような茶屋の中まで嵐気《らんき》がみち、顔も躰も、箸を持つ手も真青に染まってしまいそうだった。

このときの自分のことを江戸時代へ移し、自作の〔鬼平犯科帳《おにへいはんかちょう》〕の一篇〔兇剣《きようけん》〕で、つかったことがある。

京都へ出張した火付盗賊改方《ひつけとうぞくあらためがた》の長谷川平蔵《はせがわへいぞう》が、供につれた同心・木村忠吾《きむらちゆうご》と共に愛宕山へ参詣し、その帰りに平野屋で酒飯をする。その一節に、

木村忠吾ならずとも、まさに極楽の気分、食事をすませ、平野やを出て、参道を化野《あだしの》へ向ううちにも、

「めずらしく酔うた……」

長谷川平蔵の足どりが、ゆらゆらとゆれはじめた。二人がのんだ酒は相当の量であり、平蔵がこれなのだから、忠吾のほうはたまったものではない。

とあって、二人は嵯峨野《さがの》の草原《くさはら》の中へ躰を横たえ、昼寝をはじめる。

そして夕暮れどきに目がさめたとき、事件が起るわけだが、私自身の場合は、目ざめると、すぐ目の前の木蔭《こかげ》で若いアベックが喋々喃々《ちょうちょうなんなん》とやっていた。

【六月】鮎の風干し

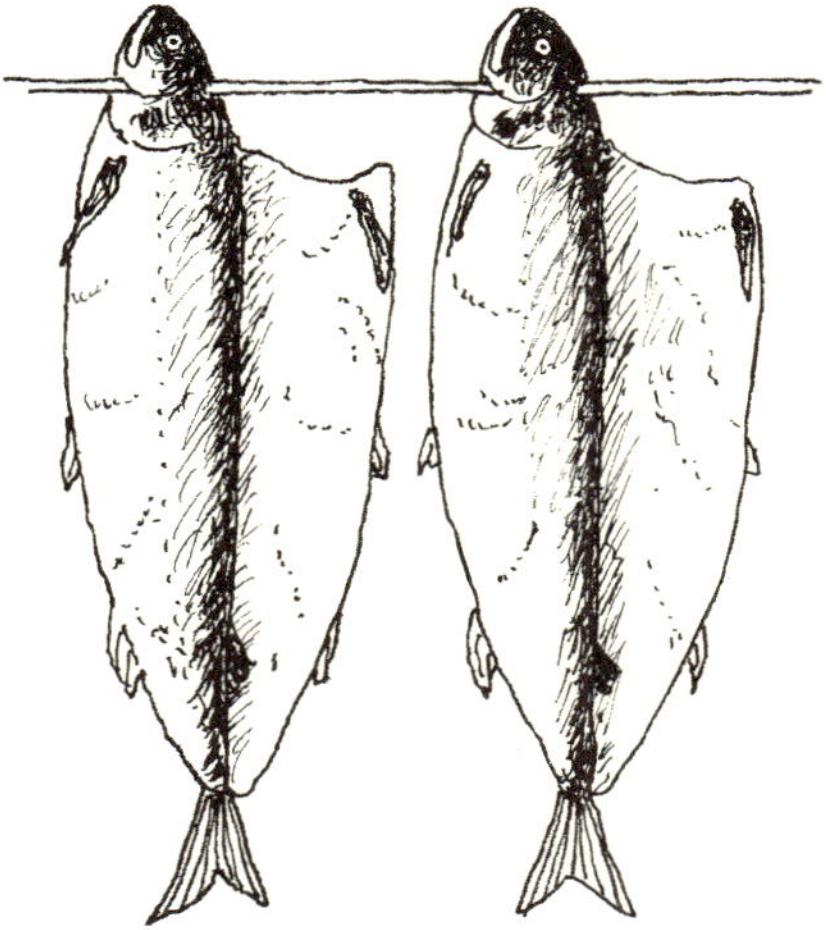

天然モノは塩焼きに限るが
養殖モノだったら風干し…
鮎を開いて、海水より濃い目の塩水に
十五分から二十分ほど漬けておく。
漬けた後、屋外に数時間干して、
焼くというより炙る感じで火取る。
庖丁を入れてもよいが、
手にもってかぶりついても可。
ワタシ、好きです。

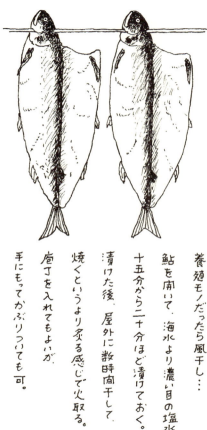

急に、おもしろくなってきて、

「わあっ!!」

と、大声をあげて立ちあがったら、

「きゃあっ！」

女が男へしがみつき、二人は一散に駆け去ってしまった。

実に、わるいまねをしたもので、こうして書いていても冷汗がにじむ。

私は五十をすぎたいまでも、こうした、いたずら気分が残っていて、われながら閉口してしまうのだ。

ところで……。

六月というと、ちかごろは、さくらんぼを思い出すようになった。

それというのも、三年前の六月に、フランスを旅したとき、パリでも、南フランスの行く先々の町でも、さくらんぼが出盛りで、

「うまい、うまい」

友人たちといっしょに、毎日のように食べた。

日本のさくらんぼも、つつましい味わいがあってよいが、フランスのは甘味《かんみ》したたるばかりのうまさで、ニースの市場の中を車で抜けたときなど、窓から手を

出して、二袋も三袋も買ったものだ。
以来、さくらんぼは、私の夏の大好物になってしまった。

［七月］茄子《なす》と白瓜《しろうり》

「こんなものが、どうして、こんなにうまいのか知らん」

私がそういうと、同年兵の山口《やまぐち》上等水兵が、

「まったく、こんな、つまらねえ、栄養もなさそうなものが、なんでこんなにうまいのだろう」

と、いった。

それは、もう三十何年も前のことで、そのころの山口と私は、横浜海軍航空隊にいた。

申すまでもなく、太平洋戦争中のことである。

私たちが、何を、こんなに旨がっているかというと、それは茄子だった。

子供のころから、そのときまで、茄子を口にしなかったわけではないけれども、旨いと感じたことはただの一度もなかった。

ところが海軍へ入って、どんなものを食べさせられたかというと、たとえば入隊第一日の夕食には、鰯《いわし》とサツマイモをいっしょに蒸気釜へぶち込んで炊きあげたものと、タクアンが二片。

いやもう、生臭くて食べられたものではなく、顔を顰《しか》めていると、教班長がにやにやしながら、

「お前たち、いまは、そんなぜいたくをいっているが、二、三日して見ろ。目の色を変えてかぶりつくようになるから」

と、いった。

そのとおりだ。朝から夜まで休む間もない訓練で躰をつかいつくし、三時の御《お》八《や》ツも出ないのだから、たまったものではない。

鰯とサツマイモの炊き合わせであろうが何であろうが、口へ入るものであれば旨くて旨くてたまらなくなってくる。

ある同年兵は、

「犬の糞《くそ》でも食いたい」

切実にいったものだ。

こうして、新兵から上等水兵になり、海軍の生活にも慣れてきて、ことに航空

基地などへ配属されれば、菓子もあるし、牛肉もある。しかし、不足の最たるものは新鮮な生野菜だった。

香の物といえばタクアンか福神漬、ラッキョウの類《たぐい》ばかりである。

そこで、ひそかに烹炊所《ほうすいじょ》の兵と仲よくなり、タマネギをもらってきて細《こま》かく刻み、生味噌とまぜ合わせて食べたりする。

夏が来て、茄子が出るようになると、よく洗って薄切りにし、塩でもみ、さらに醤油を落して食べる。

この茄子が、旨くて旨くて、たまらないのだ。

海軍へ入ったことによって、私の偏食は、ほとんど影をひそめ、好物が増えた。茄子もその一つである。

むかし、絵師の英一蝶《はなぶさいっちょう》が或る大名と張り合って手に入れた石燈籠《いしどうろう》へ灯《あか》りを入れ、夏の夕闇も濃い庭をながめつつ、出入りの八百屋が置いて行った初物《はしり》の茄子一品のみを膳にのせ、これを肴に酒をのみながら、

「天下に、これほどのぜいたくはない」

と、うそぶいたそうだが、石燈籠はさておき、漬きかげんの、あざやかな紺色の肌へ溶《と》き芥子《がらし》をちょいと乗せ、小ぶりのやつを丸ごと、ぷっつりと嚙み切ると

きの旨さを何と形容したらよいだろう。

さほどに、この夏の漬物の王様の味わいは一種特別のものだ。煮びたし、網焼き、蒸し焼き、シギ焼き。いずれもわるくはないが、何といっても糠漬《ぬかづ》けがいちばんだ。

茄子は南方温帯地方が原産地だというが、日本では千年あまり前から栽培をはじめてい、我国の風土が、この野菜の味わいを更に洗練させたといってよいだろう。

俗に、

「秋茄子は嫁に食わすな」

という。秋茄子があまりにうまいので嫁に食べさせると切りがないという姑《しゅうとめ》気質《かたぎ》をさしたものだとされているが、実は、茄子の食べすぎは女体《にょたい》を損うことを案じてのことらしい。

漬物もよいが、私は夏になると小さな焜炉《こんろ》へ金網をのせ、二つ割りにした茄子の切口へ胡麻油を塗って焙《あぶ》り焼きにし、芥子醬油でやるのが好きだ。このときは冷酒《ひやざけ》を湯のみ茶わんでのむ。

茄子漬や　雲ゆたかにて噴火湾《ふんかわん》　楸邨《しゅうそん》
漬けあがる　あけぼの色や茄子漬　笋荘

うまく詠むものですねえ。


夏の野菜で、子供のころから大好きだったのは白瓜だ。

白瓜は、奈良漬の花形である。

香気も味わいも淡いのだが、その歯ごたえのよさ、さわやかさは夏の香の物としても花形だろう。私には胡瓜よりも白瓜だ。

どういうわけか、子供のころの私は、薄打ちにして塩もみにした白瓜を、たっぷりとバターを塗ったパンの間へはさみ、白瓜のサンドイッチにして食べるのが大好きだった。

「ほらほら、そんなところへ、お香々を出しとくと、正太郎に瓜をみんな奪《と》られちまうよ」

などと、祖母が母に警告を発したこともしばしばだった。

「白瓜は孫に食わすな」

【七月】茄子と白瓜

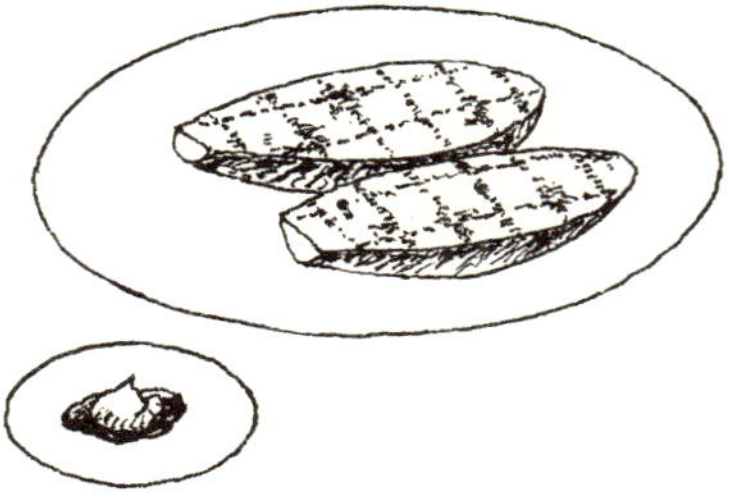

二つ割りの茄子の切口に
胡麻油を塗り、焙り焼きにし、
芥子醤油で

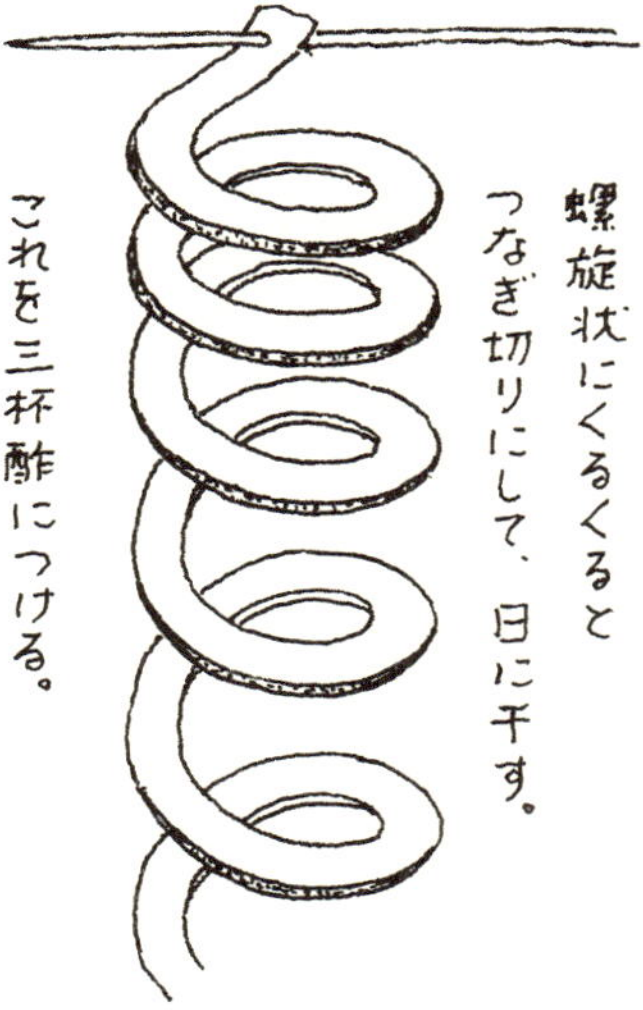

白瓜を塩で一夜圧しをかけ
螺旋状にくるくると
つなぎ切りにして、日に干す。
これを三杯酢につける。
（干したままでも旨い）

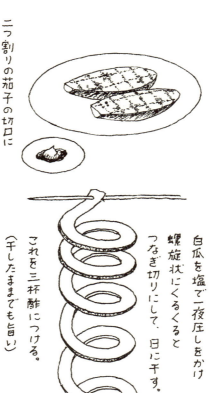

というところか。

いまも、塩もみの白瓜と、焼き茄子の味噌汁だけの夏の朝飯《あさめし》を、冬の最中《さなか》におもい浮かべている私なのだ。

小さめの茄子を軽く焙って皮をむき、濃目の味噌汁にするのは、まったくたまらない。

むろん、白瓜のサンドイッチはいまも好んでいる。

ところで……。

祖母は、白瓜の雷干《かみなりぼ》しをよくつくってくれた。

塩で一夜、圧《お》しをかけた白瓜を小口から螺旋状《らせんじよう》にくるくると長くつなぎ切りにしたのを竿にかけて夏の日に干す。

こうすると妙に甘味が出てきて、風味がよい。歯ごたえは、さらにきっ、ぱり、としたものになる。

これを適当に切って合わせ酢か、醬油で食べる。

こんなものでも、江戸時代の一流料亭の中には名物にした店があったというから、祖母の雷干しとは大分《だいぶ》にちがっていたろう。

その料理屋は、上野広小路《うえのひろこうじ》にあった〔鳥八十《とりやそ》〕という店で、鳥の料理が自慢だったらしいが、特製の雷干しが香の物に出る夏を、常客は待ちかまえていたそうな。

私も何度か小説に書いた幕末の剣客・伊庭八郎《いばはちろう》。白皙《はくせき》の美男で、高二百俵《だか》の幕臣の家に生まれ、心形刀流《しんぎょうとうりゅう》の名手だった。この八郎が〔鳥八十〕の常客で、雷干しが大好物だったという。

のちに伊庭八郎は、榎本武揚《えのもとたけあき》ひきいる幕軍へ加わり、北海道・函館《はこだて》に攻め寄せる官軍と戦い、戦死をとげた。

このとき、八郎に附《つ》きそって最後まで、身のまわりの世話をした男がいる。名を鎌吉《かまきち》といい、〔鳥八十〕の板前だった。

［八月］トマトと氷水《こおりすい》

澄みきった朝の大気。緑したたる木立。垣根の朝顔。そうした環境の庭の一隅《いちぐう》で、まだ三十にはならぬ女が、小さな菜園のトマトを捥《も》いでいる。女の傍《かたわら》に、四つか五つの男の子がいる。

女は、母である。男の子は私である。

ところは埼玉県の現・浦和市《うらわし》（編集部注：さいたま市）だ。

関東大震災に焼け出された父と母は、浦和へ引き移り、父は汽車に乗って、日本橋の店《たな》（綿糸問屋）へ通勤をしていたのだ。

父母にとっても、私にとっても、それは束《つか》の間《ま》の平穏な一時期であって、間もなく、父の店が倒産し、やがては、東京へもどった父母が離婚ということになる。

それからの父母はさておき、いまになってみると、私は別だんに苦労をしたともおもえないけれど、幼児のころの、四、五年にわたる浦和での平穏な生活は、後年の私へ非常な影響をあたえたといってよい。

幼時体験ということが、ちかごろは、よくいわれるようになったが、いまにしておもうと、人それぞれに、生まれてから（たとえ、意識はなくとも）五、六歳ごろまでの家庭環境は、善きにつけ悪《あ》しきにつけ、絶対に、それぞれ人の生涯を左右するといえる。

当時の浦和は、田園そのものだった。

トマトや茄子、胡瓜などの夏野菜を見ると、私は手づくりの実りを捥いでいる母の姿をおもい出す。後年の、男顔負けの、人がちがったような母の姿は其処《そこ》にはない。

子供のころの私は、かなり偏食だったが、他の子供が嫌がるトマトだけは大好きだったのも、浦和で食べ慣れていた所為だろう。

子供のころ、私はトマトの皮を剝いてもらい、種を除《と》り、小さく切ったのへ醬油をかけて食べるのが好きだったが、小学校も五年生になると、弁当のほかに、

「おばあさん。一つ持って行くよ」

祖母にことわり、台所から一つトマトをランドセルへ入れ、昼食のときに塩をつけて食べる。

「よく、そんなものが食えるね」

と、同級の生徒たちがいった。

彼らは、ほとんど、トマトが嫌いだったようである。

トマト独特の、あの匂いを嫌がったのだろうが、いまのトマトには、いくら、あの匂いをもとめても消えてしまっている。

夏のうちに、何度かは、むかしの味に近いトマトを食べるが、それは農薬を使わぬ手づくりのトマトだから、手をまわさなくては食べることができないのだ。

「野菜ジュースが躰によい」

といわれて、一所懸命ジュースをつくり、のんでいるうちに躰を壊してしまった人がいるそうな。

つまりは、それほどに、人が口へ入れる物は汚染されてい、その影響は、近年、生まれてくる子たちへ歴然とあらわれるようになったという。

何とも恐ろしい世の中になったものではないか。

冷房も何もない、むかしの盛夏に、私たちをほっとさせてくれるものは、何といっても、緑蔭《りょくいん》と風と、そして氷水だった。

ただの蜜の上へ掻き氷をのせたのが、たしか三銭。イチゴやレモンのシロップをつかったものが五銭。氷あずきとなると七銭ではなかったろうか。

むろん、氷あずきがいちばんうまい。うまいが、子供には高すぎる。

そこで私が考えたのは、駄菓子屋へ行き、餡《あん》こ玉《だま》を一銭で買ってきて、三銭の氷水の中へ入れ、かきまぜて食べる。こうすると、何だか氷あずきが合わせて四銭で食べられた気分になる。

または、煮た杏《あんず》を一銭（二個）で買ってきて、氷水の下へ潜り込ませておき、最後に冷え切った煮杏を食べる。

または、山盛りの掻き氷の上のほうを、皿に切ったトマトの上へ乗せておいて、氷水をのんでしまってから食べる。

冷蔵庫なぞ、私どもの家には無かった時代だ。

その冷えたトマトの味は、いまもって忘れられない。

友だちは、みんな、私のまねをするようになってしまい、夏になると近所の駄菓子屋の餡こ玉が売り切れになったものである。

戦争が終った昭和二十年の晩夏。

海軍から復員して来た私が、焦土と化した浅草の一角の焼け残った家の二階を借り、祖母・母・弟と暮していたころ、

「兄さん。氷を売っているよ」

と、弟が眼をかがやかせて、二階に呆然《ぼうぜん》と寝ころんでいる私に知らせた。

「そうか、よし」

というので、弟と、たしか菊屋橋《きくやばし》に近い焼け野原の一角へ出かけてみると、トタン張りの小屋の屋根の上に、白い布《きれ》へ〔氷〕と墨で書いたのが見えた。
四、五人の男女、子供たちが、まさに氷水を手にしているではないか。
おそらく、焼け残ったシロップを手に入れて開業したのだろう。

蜜はなくとも、そのイチゴのシロップの搔き氷を口へ入れたとき、私は何ともいえぬ心強さをおぼえたものだった。

(敗戦の日から、まだ半月もたっていないのに、氷水を売る店が出ている……)

このことだった。

敗戦のショックというよりも、

(これから、どうやって生きて行ったらいいものか……?)

と、おもい迷っていた私が、このとき、はじめて明るい気分になれたのだった。

私にとっての東京復興は、先ず一杯の氷水からである。

そのとき、弟と二人の氷水に、いくら金をはらったか、もう忘れてしまったけ

【八月】トマトの和風

トマトは意外と醤油との
相性が良いようだ。
トマトを六つか八つに切って、
胡麻油、酢、醤油をまわしかけ
大葉の繊切りを散らすだけ。
大葉はたっぷりが良い。
和風と云うか中華風と云うか…

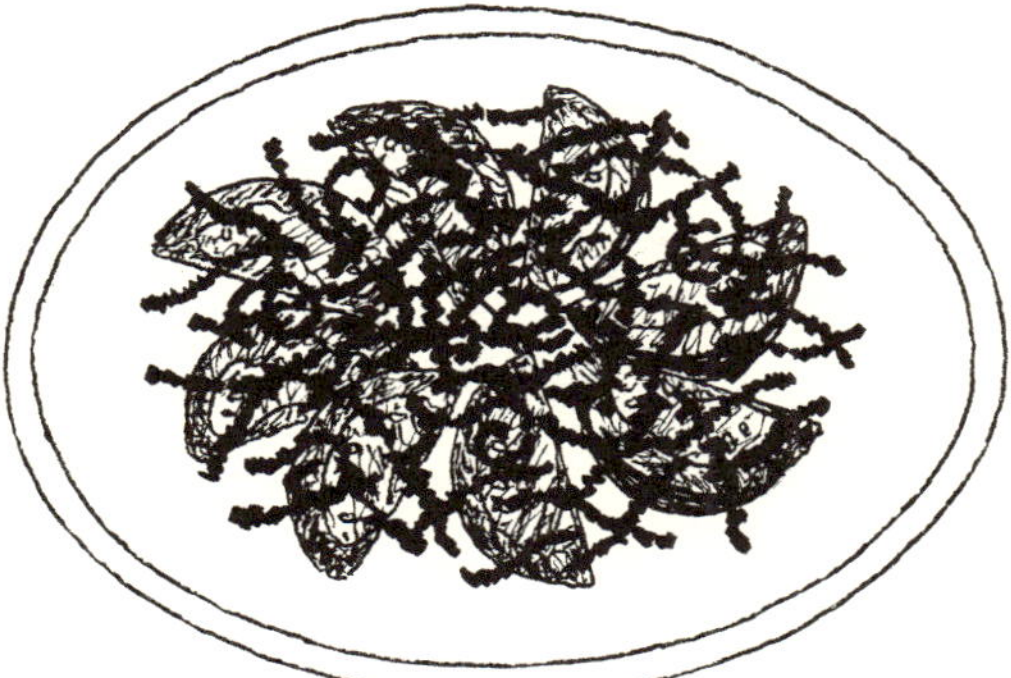

れども、

「ひえっ……氷水が、こんなに高いのか」

目を剝いたおぼえがある。

その後。

祖母が亡くなって、母・私・弟は別れ別れになってはたらきはじめたのだが、たしか翌年の夏、高砂《たかさご》で間借りをしていた母が日暮里《にっぽり》へ部屋を借りて引き移ったとき、母の荷物を荷車に乗せ、私が運んだことがある。

その折、葛西橋《かさいばし》のたもとの屋台の氷屋で、母と氷水をのんだとき、氷屋の老爺《ろうや》が、私たちを夫婦に間ちがえた。

それほどに、若いころの私は老け顔だったのである。

〔九月〕小鰭《こはだ》の新子《しんこ》と秋刀魚《さんま》

私の〔三年連用当用日記〕の八月一日の項には、

「八月三十日前後、コハダの新子」

と、記してある。

三年連用の日記だから、来年の、まだ未記入の八月一日の項にも、忘れぬように同じことが書いてある。

そして、八月の末から九月のはじめにかけての項を見ると、毎年、必ず、なじみのすしやへ行き、

「小鰭の新子、イカの新子を食べる」

と、書いてある。

すしに握る小鰭が成長すると鮗《このしろ》になるわけだが、この魚のにおいは一種特別のものがあって、すしやでの小鰭は酢魚《すざかな》の入門であり、また卒業でもあるといわ

れている。

いまは、マグロのトロなどが、すしの花形になってしまったけれども、百何十年も前に、江戸で握りずしが創られ、評判となったころは、小鰭が花形だったといえよう。

粋な恰好《かっこう》の鮨売りが、

「すしや、すし。コハダのすし」

と、売り声をあげてながしたものだが、こうしたすしは、大きな店がこしらえ、売り子を出したものであろう。

価は一個四文だったそうな。まず、普通の菓子一個と同値だ。

やがて、幕末のころ、本所に〔与兵衛鮨《よへえずし》〕という店ができて、それまでは呼び売りや屋台専門だったすしに箔《はく》がついたのである。

主人《あるじ》の花屋《はなや》与兵衛は、さまざまな握りずしを考案したらしいが、たとえば海老《えび》やイカ、白魚などの淡泊な味のものを握るときは、みじん切りの干瓢《かんぴょう》やシイタケ・もみ海苔などを、まぜ合わせた飯の上へのせて握ったというから、握りずしもなかなか贅沢《ぜいたく》になってきて、こうなると価も六文から八文、ものによっては一個十文もとるようになった。

こうした初代の与兵衛の創案は、たとえばいまも、東京風の〔ちらし〕などに、あきらかに残っているのである。

さて、小鰭だが……。

初風が吹きはじめる、ほんの数日の間、その新子がすしやに登場する。

わざわざ、三年連用の日記に記しておいて、

(食べはぐれないように……)

と、おもうだけに、その旨さは何ともいえない。

特有の臭みもまだついていない、若い魚の舌ざわりのよさ。白銀色《しろがねいろ》に黒胡麻を振ったような肌皮の照りも清々しく、

「もう一つ、いいかね?」

職人にたのむと、

「いまは、もう、コハダの新子なんて御注文は、ほとんどありません。遠慮なく召しあがって下さい」

と、いう。

すしやに出まわるのは、ほんの数日の間だけだから、その旨さを知っている人でも、いそがしくはたらいていれば、つい忘れてしまう。

となれば、どうしても何らかのかたちで、忘れぬようにしておかねばならない。その点、三年連用の日記は便利だ。小鰭の新子のみならず、年月を経て尚、忘れてならぬことを記しておくにもよい。

同じころには、イカの新子も、すしやに出る。これまた旨くもあり、すぐに姿を消してしまう。

初秋ともなれば、いよいよ秋刀魚の季節だ。

毎日のように食べて飽きない。

若いころは、どうもワタが食べられなかったものだが、いまは、みんな食べてしまう。

むかしは安くて旨い、この魚が私たちの家の初秋の食膳には一日置きに出たもので、夕暮れとなって、子供だった私たちが遊びから帰って来ると、家々の路地には秋刀魚を焼く煙りがながれ、旨そうなにおいが路地にたちこめている。

佐藤春夫《さとうはるお》に、有名な秋刀魚の詩があるけれども、むかし、詩人の卵だった或る青年が、子供の私をつかまえて、

「ぼくはね、正ちゃん、どうしても、秋刀魚のワタが食べられないので劣等感をおぼえるよ」

などと、なさけない顔つきでいったのを、いまもおぼえている。

秋刀魚は塩焼きにかぎるが、戦前に浅草・千束町《せんぞくちょう》の小料理屋で、

「ちょいと、旨いもんですよ」

と、秋刀魚飯を出されたことがある。

いま、よくおぼえていないが、秋刀魚を蒲焼《かばやき》のようにしておいて、釜飯用の小さな釜の飯がふきあがったところへ入れて炊く。

そして、私たちの前へ出すとき、手早く飯とまぜ合わせ、もみ海苔をかけて出してくれた……ようにおもう。

旨かったおぼえがあるが、これは、ちょいと家庭ではできない。できぬことはないが、うまくあがるまい。


いつまでも、いぶれる炭に秋刀魚焼く　刀水

子供の私が、祖母に、

「何だえ、お前さんは。秋刀魚のワタを残してもったいないじゃあないか」

などと叱られるころ、夏からこのときまで、氷水で商売をしていた店が本来の

焼芋屋に変る。

「それっ」

というので、私たちは駆けつけるわけだが、大カマドのようなものへ、サツマイモをびっしりとならべ、塩を振って大きな蓋をするのを、唾をのみこみながら見まもっていたものだ。

芋を焚火《たきび》で焼くのもよいが、どうしても専門の焼芋屋にはかなわない。

子供のころ、一時、谷中《やなか》の伯父の家へ預けられていたことがあって、私が小学校から帰って来ると、女中のかねちゃんが、

「正ちゃん。たのみますから、ヤキイモ買って来て」

私にたのみ、伯父夫婦の留守をさいわい、かねちゃんは湯殿で焼芋を食べていた。むろん、私にも半分くれた。

新聞紙の袋に入った焼芋を買って帰る秋の夕暮れの道を歩みながら、

(もう直《じ》きに、お正月が来る……)

子供ごころにも、しみじみと、そうおもった。

そして、無花果《いちじく》や石榴《ざくろ》の実も秋のものだが、いまの子供たちは、こうした秋の果実《くだもの》を口にすることもないようだ。

【九月】小鰭の新子

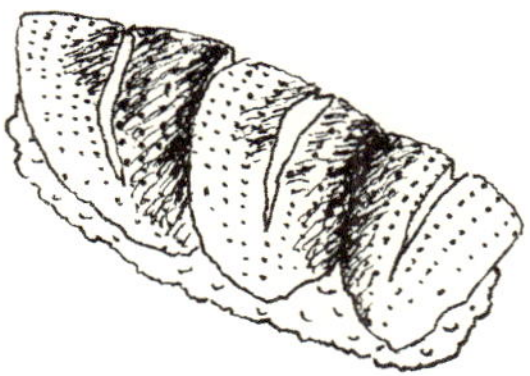

新子の三尾づけ

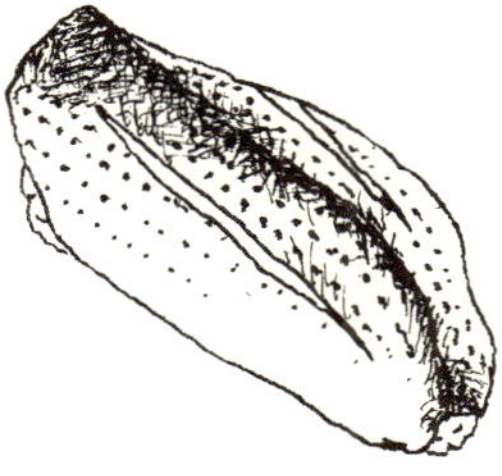

小鰭は一尾づけ

そもそも小鰭は、小魚の割に小骨が多く、三枚に下ろすのが大変。
ましてや、金魚のような新子は、下ろすだけでも気骨が折れる。
それをいとわず 新子を揃えるのは、それを待つ人への心意気。
その技と心意気を食べるのが 新子の時期の愉しみだろう。

［十月］松茸《まつたけ》と栗《くり》

針箱に　よせて栗むく小桶《こおけ》かな　　　　たけし

右の句のような情景を、むかしの子供たちは経験していることだろう。縫いものをしている祖母が小刀《こがたな》を出して、孫の私に、茹でた栗をむいてくれるわけだが、子供のころは、茹で栗なんぞさしてうまいとはおもわなかった。栗でうまいのは、きまっている。正月の栗のきんとんだ。子供にとって、これだけは、何といっても正月の御節《おせち》料理の王様なのである。

むかしは食べものと季節がぬきさしならぬものとなっていたので、東京の下町に貧しく暮していた人びとも、できうるかぎりは、季節のたのしみを味わおうとした。

焼栗の、例の〔甘栗太郎〕は茹で栗よりもうまい。だから子供たちは空地《あきち》で焚火をして、栗を焼いたものだ。

大人たちは、さっそく栗飯を炊く。

食膳に栗飯が出ると、子供たちは、正月が近づいて来たとおもう。

栗飯や　いつのほどより時雨《しぐ》れゐし　　三山
酒肴《しゅこう》一ぜん　めしは栗のめし　　椎花

こうした句に、しみじみと心をとらえられるようになるのは大人になってからだろうが、それも子供のころから、自然に育まれていた季節感あればこそだろう。

いまの子供たちは、栗を食べるだろうか。

大人たちは子供に栗を食べさせるのだろうか。

子供は自分の小遣いで、ひとりで栗を買いに行くことはないだろう。むかしもいまも……。

栗を買うくらいなら、もっとほかの、好きなものを買ってしまう。

去年（昭和五十四年）、九月の中ごろにフランスへ行き、パリに二日ほどいて、南フランスからスペインを半月ほどまわり、十月のはじめにパリへもどって来た夜、レンヌ通りを歩いていると、早くも焼栗売りが出ていた。

大人たちが目を輝かせて、冬のパリの風物詩ともいうべき焼栗売りを囲み、小さな袋に盛られた焼栗を買っている。

私も買った。小さくてまるくて、日本の栗よりも甘いフランスの栗の皮をむき、食べながら、ホテルへもどった。

そして夜更けに、銀製のフラスコへ入れておいたブランデーをのむときの相手として、この焼栗は絶好だった。

日本の栗は、北海道以外の全土に分布しているという。

初夏のころ、山歩きをしていて、ふさふさと白い花をつけている栗の木のまわりには妙に悩ましい匂いがただよってい、こんなに官能的な花をもつ木から、あのような実がとれるかとおもうと、これまた、妙な気がする。

栗飯といえば……。

太平洋戦争が終った年の秋に、焼け残った町の一角の小さな部屋に住んでいた私を、友人が訪ねて来た。

「ねえ、君。これは栗だろう。たしかに栗だろう?」

こういって友人は、ポケットから五、六個の栗を出した。

「栗だよ、たしかに。どうしたんだ？」

「落ちてた」

「へえ……？」

「稲荷町《いなりちょう》の地下鉄の階段をあがって来たら、これだけ、栗が落ちてたんだ」

栗どころか米も手に入らなかったころだ。

「よし。栗飯にしよう」

大切にとっておいた米で、私たちは栗飯を炊いた。

「うまいねえ。栗飯が、こんなにうまいものだとは……」

「どうして落ちていたのだろう？」

「買出しの人の荷物からでも、こぼれたのじゃないか」

栗飯もよいが、モチ米とウルチ米で蒸しあげた栗強食《こわめし》。家庭では、めったに口へ入る機会はないが、料理屋などで出ることもあって、これは私の大好物だ。

松茸……これも、あまり、子供のころには興味をおぼえなかった。

むかしもいまも、東京では、松茸は高い。

先夜（八月はじめ）銀座を歩いていると、早くも路傍で松茸を売っていた。三本で九千円だった。今年の冷夏が、こんなに早く松茸の姿を見せることになったものか。ハシリの松茸にしては、ずいぶん大きかった。

祖母や母は、ほんの少し買って来て、秋のうちに一度か二度、松茸飯をこしらえたものだ。

松茸は、赤松の林の中に生じる。

京都一帯の松茸は、とりわけうまい。その中でも、むかしは伏見《ふしみ》の稲荷山が名物だったそうな。

幕末のころ、京都守護職として在任した会津《あいづ》の殿さま・松平容保《まつだいらかたもり》は、京都へ来て、はじめて松茸の味覚を知り、

「何としても、会津に移したいものじゃ」

というので、稲荷山の松茸を土のついたまま長持ちへ入れ、早飛脚《はやびきやく》をもって会津へ運ばせた。

そして、何でも東山《ひがしやま》温泉に近い赤松林へ移植したらしいが、そのときは失敗に終った。

しかし、松茸の笠《かさ》から落ちる無数の胞子が、後年になってよみがえり、いくらかは松茸を生じるようになったという。

だが、そのときは松平容保は、すでに、この世の人ではなかった。

【十月】栗

焼栗は
口にするまでの
手間が大変

その点
天津甘栗は
爪で割れば
渋皮ごとむけて
まことに
手間いらず

甘栗より旨いのが

マロングラッセ
ただし、フランス物の話

松茸の香気と、独自の歯ごたえは、ちょっと筆や口にはつくせぬものがある。河豚《ふぐ》と同じで、

(こんなものに、どうして、こんなに魅了されるのだろう?)

と、おもうが、われながら、

「それは、こうだ」

はっきりとした、こたえは出ない。

秋になって町中の洋食屋へ行くと〔松茸フライ〕の紙が下っていて、揚げたてにレモンをしぼって食べるのは、まさに日本的洋食の醍醐味《だいごみ》だ。

二度ほど、信州の赤松林で松茸狩りをやり、落葉をあつめて火を熾《おこ》し、その中へろくに洗いもせぬ松茸を突込み、蒸し焼きにしたやつを指で引き裂いて食べたことがある。いまも、そのときの味が忘れられない。

こうして食べるのが、もっともよいのだろうし、家庭でやるときは、丸のままの松茸を日本紙で包み、焜炉で蒸し焼きにする。けれども、いまは炭も手に入りにくいし、つい面倒になってしまう。

手軽にやるときは、フライパンに良質のバターを熱し、裂いた松茸をさっと炒《いた》め、塩とレモンで食べるのが、いちばんよい。

鶏鍋の中へ肉厚の松茸を入れ、煮すぎないようにして引きあげて食べるのも好きだ。

松茸飯、吸物、どびん蒸し。

何にしてもうまい。何にしても、その独自性が失われない。

さんざ、うまいものを食べてきた老人が重病となり、死期がせまった夏に、

「ああ、せめて秋まで生きていたい」

と、いった。

息を引きとる前に、松茸が食べたかったのである。

松茸の　山かきわくる匂ひかな　　　文考

［十一月］葡萄《ぶどう》と柿

年少のころの私は、どちらかというと偏食のほうだった。

だが、太平洋戦争がはじまって海軍にとられ、その兵舎での生活と、戦後のだれもが体験をした食糧不足の明け暮れは、私の偏食を否応《いやおう》なしに矯正してくれた。

激しい教練の日々には何を食べても、いくら食べても、食べ足りるものではないのだ。食べなくては死んでしまう。

戦争が終り、復員して来た私は、三度も家が焼けてしまっていたので、辛うじて焼け残った浅草の片隅の小さな家の二階を借り、母と弟と共に暮していた。

その隣りの、これも復員して来た青年A君の実家が甲州《こうしゅう》だというので、終戦の年の秋に、甲州ブドウが送られてきた。

「少しですが、食べて下さい」

A君がブドウを持って来てくれた。

私は、以前、ブドウなど少しもうまいとおもわなかった。一粒一粒を口へ入れてタネや皮を出すのが面倒だし、母が出してくれても手をつけなかったほどだが、このときばかりはブドウであろうが西瓜《すいか》であろうが、何だって口へ入るものならうまかったわけだから、

「どうも、ありがとう」

すぐに洗って、一粒つまみ、口へ入れるのを見たA君が、

「ダメだなあ」

と、いう。

「どうして?」

「ブドウは、そんなふうに一粒一粒やっていたんでは、ちっともうまくありませんよ」

「へえ。ほかに、食べ方があるんですか?」

「ま、ごらんなさい。こうやって食べるもんですよ」

A君は、一房のブドウを手にして高く持ちあげ、その下へ大きく開けた口をもってゆき、下の方からガブガブと頬張った。

そして、口の中へ一杯にふくらんだ何粒ものブドウをしゃぶり、残ったタネと皮をまとめて吐き出したのである。

「ふうむ……」

私は感心してしまった。こんな食べ方があるとは知らなかった。

「やってごらんなさい」

いわれるままにやって見ると、まるで味がちがう。

何しろ一房のブドウを三口ほどで食べてしまうのだから、口中にひろがるブドウの甘味《かんみ》が、まるで他の果物を食べているようなおもいにさせてくれた。

以来、私は、このようにしてブドウを食べているわけだが、去年の秋、フランスのペリゴール地方のレ・ゼジーのホテルへ泊った翌朝、まだ霧がたちこめている道を散歩していると、日本のブドウにそっくりなブドウが道端にたくさん生《な》っている。別に栽培してあるわけではない。

そこで一房のブドウをもぎ取って小川の水で洗い、例の甲州式のやり方で大口を開け、食べていると、通りかかった村の爺《じい》さんと娘が瞠目《どうもく》して私に近寄り、フランス語ではなしかけてきた。

むろん、わからないのでニヤニヤしていると、爺さんは娘と共にブドウをもぎ取り、私のまねをして食べはじめた。食べて、また目を見はり、私にはなしかける。意味はわからなくとも、爺さんと娘さんが、かつての私のようにおどろきもし、うまいといっていることだけはよくわかった。

もしやすると、今年の秋、レ・ゼジーでは甲州式のブドウの食べ方が流行しているかも知れない。

葡萄の種　吐出して事を決しけり　虚子《きよし》
酒しぼる　蔵のつづきや葡萄棚　史邦
石垣は　素人造りや葡萄園　夏堂

秋の果実で、子供のころから好きだったのは柿だろう。幕末のころ、アメリカの使節を幕府が饗応《きようおう》するとき、やわらかい柿に味醂《みりん》をかけまわし、デザートとして出したところ、大いに好評を得たそうな。

戦争中に食糧が不足となったとき、干し柿の甘味は、まことに貴重なものだった。

一茶《いっさ》が「夢に、さと女を見て」と前置きをして、

頬《ほっ》ぺたに　当てなどすなり赤い柿

の一句をよんでいる。

また去来《きょらい》には、

柿ぬしや　梢《こずえ》はちかき嵐山《あらしやま》

の句がある。

柿は端的に、そしてあざやかに秋の情景を表現する。

ことに舞台でつかうときは効果満点で、私もむかし、自分の芝居の舞台面に柿の木や吊《つる》し柿をよくつかったものだ。

赤い実が適当に大きいので、客席のだれの目にもはっきりとわかるのがよい。

登場人物に食べさせてもよい。

たちまち、そこには秋の季節感がただよってくる。

【十一月】葡萄

甲州式ブドウの食べ方

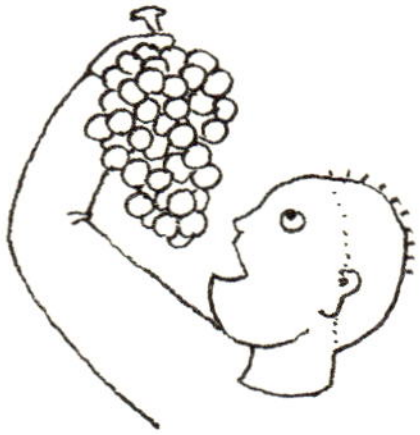

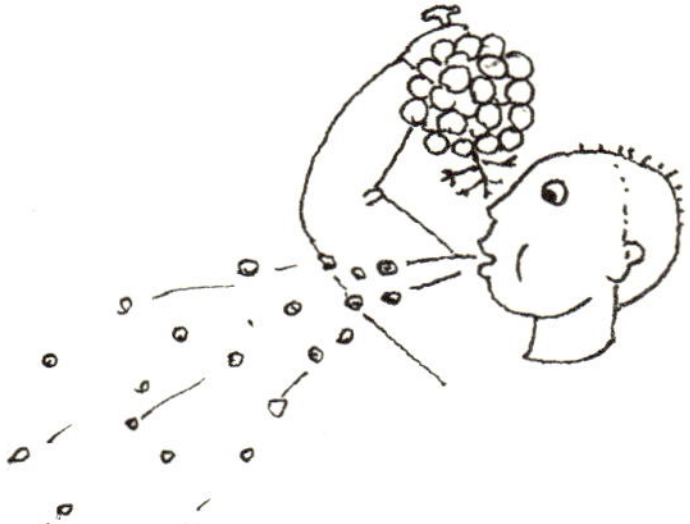

後にフランスに伝わる？

ことに、秋が深まったころに出る富有柿《ふゆうがき》は、渋がぬけていてやわらかく、甘味も豊かで何ともいえずに旨い。

富有柿は明治年間に御所柿《ごしょがき》を改良して生まれた品種で、命名もそのときだったのだから、江戸時代をあつかった芝居の舞台で富有柿を出して、役者に、

「この富有柿は、たまらなく旨い」

などと、台詞を書いたら観客に笑われてしまうことになる。

大根を人参《にんじん》と共に和えた柿ナマスは、私の大好物だ。

渋い柿は、ヌカ味噌に漬けると旨い。

子供のころ、魚の骨が私の喉にからみ、苦しんだことがあった。

そのとき八十をこえた曽祖母が、ちょうど家にあった柿の実を押しつぶし、それを千切って私の口へ入れ、

「一息にのんでおしまい」

と、いった。

目を白黒させながら、おもいきって柿の実をのみこむと、喉に立った骨がたちまちに抜け、腹中へおさまったものである。

私は柿の木も好きで、隣家の主人が私の書斎の窓まで伸びてくる柿の木の枝を

切ろうとすると、いつも「そのままにしておいて下さい」と、たのむことにしている。

［十二月］柚子と湯豆腐など

冬が来て、一年が終ろうとするころ、日本の味覚のゆたかさは、まさにクライマックスを迎えることになる。

魚では鮪、河豚、蟹《かに》、鰤《ぶり》、鮟鱇《あんこう》、寒鮒《かんぶな》、鱈《たら》、鮃。

野菜も、白菜、大根、人参、小松菜、それに上方ではエビ芋が出まわってくる。

鮨屋も料理屋も活気がみなぎってくるし、家庭でも、この季節に、

「今晩のオカズ、何にしようかしら？」

などという主婦は、落第ということになる。

寒くなってきて、魚介の保存もきくようになり、したがって家庭料理の種目も増える。

鮪の刺身が残ったとき、これを山葵《わさび》醬油に一晩漬けておき、翌朝（といっても、私の第一食は昼ごろになる）の食卓に焜炉の網で焙りながら、熱い飯といっしょ

に食べるのは私のたのしみだ。

このために、わざと鮪を残しておく。山葵醤油の山葵も、このときは、むしろ粉山葵をたっぷりと使ったほうがよい。

濃くいれた煎茶へ塩をひとつまみ落し、吸物がわりにする。

これに大根の漬物をきざみ、柚子をかけまわしたものであれば文句はない。

柚子も秋の青柚《あおゆ》が熟し切って黄色くなり、その酸味と芳香は私にとって欠かせないものとなる。

いまは柚子も高くなってしまったが、

「柚子だけは贅沢をさせてくれ」

と、たのんでおき、毎食、魚介や漬物にかけてはたのしむ。

むかし、冬至の日には、町の銭湯でも柚子湯をやって、惜しげもなく柚子を浴槽にほうり込み、子供ごころにも、この日の湯屋の湯けむりの香りにはうっとりとしたものだった。

子供たちは、柚子の玉を投げたり打《ぶ》つけ合ったりして遊び、帰るとき、番台のおばさんにねだって一つもらってきたりするのを、親たちが早速、夕飯の膳に使ったりしたものだった。

あの赤穂義士の頭領・大石内蔵助《おおいしくらのすけ》も柚子が大好物だったそうな。

そこで大石夫人は、秋のころに、熟した柚子をきざみ、味噌と合わせて擂《す》ったものへ柿の肉を加え、よく練りあげた柚味噌をつくり、たくわえておく。内蔵助の晩酌の肴は、この柚味噌一品のみであったという。

元禄以前のころの、浅野家《あさのけ》五万三千石《ごく》の城代家老の、質素な暮しぶりが目に見えるようだ。

病みほけし身を沈めたる柚子湯かな　　都穂

冬になると、やたらに湯豆腐が出る。

簡単で、しかも旨いものだから、女たちは酒の肴に、これを出しておけばいいとおもいこんでいるようだ。

子供のころには、湯豆腐が出ると、

(またかい！)

うんざりしたものだ。

子供の飯の菜に湯豆腐なぞは、どうにもならない。

豆腐の味がわかるのは、大人になってからだろう。湯豆腐をするとき、大根の細切りをいっしょに入れると何故《なぜ》か豆腐がうまくなる。鍋の中へ入れた壺《つぼ》の附醤油《つけじょうゆ》へ、ほんの二、三滴、胡麻油を落し込んでみるのもおもしろい。

東京では塩鱈《しおだら》を湯豆腐へ入れるが、鱈が獲《と》れる国の人たちは、

「東京の塩鱈なんて、食べられたものではない」

と、いう。

それはそうだろうが、東京の者には塩鱈はなつかしいものだ。

小松菜を入れた鱈の吸物へ柚子を二、三片浮かし、熱いのをふうふういいながらすすりこむのは、本場の鱈汁にくらべたらどうにもなるまいが、東京の冬の食膳にはよく出されたものである。

いつであったか、もう二十年もむかしのことだが、劇作家の故・八木隆一郎《やぎりゅういちろう》さんと冬の大阪の町を歩いていたとき、突然、足をとめた八木さんが星空を仰いで、

「ああ……鱈汁を腹一杯、食べたいなあ」

叫ぶようにいったその声を、いまもおぼえている。

八木さんも、鱈の獲れる寒い国で生まれ育った人だった。

ところで、葱も旨くなる。

大根と同様に、葱の応用も多種多様だが、鶏の皮を少々入れた葱の味噌汁や吸物は、この一椀《ひとわん》で酒も飯もすませてしまうことができるほど、私の好物なのだ。

品質のよい葱の、ふとい白根のところをぶつ切りにし、胡麻油を塗って焜炉の網で焙り、柚味噌や塩で食べるのもよい。

私が小説によく使う根深汁《ねぶかじる》は、葱の味噌汁のことだが、ほんとうによい葱と味噌を使って根深汁をつくることは大分《だいぶ》に金がかかるようになってしまった。

時代は大きく変ったのである。

ほと染めし夕日の窓や根深汁　　旭川
根深汁とろりと煮えぬ旅人宿　　ひろし

河豚や鮟鱇が好きな人にとって、冬はたまらない季節だろう。

私は、たまらぬほど好きではないが、河豚の刺身を小さく切って、味醂を少し落した醬油にまぶし、熱い飯の上へ乗せ、ウズラの卵を乗せて食べるのは大好き

【十二月】柚子と湯豆腐

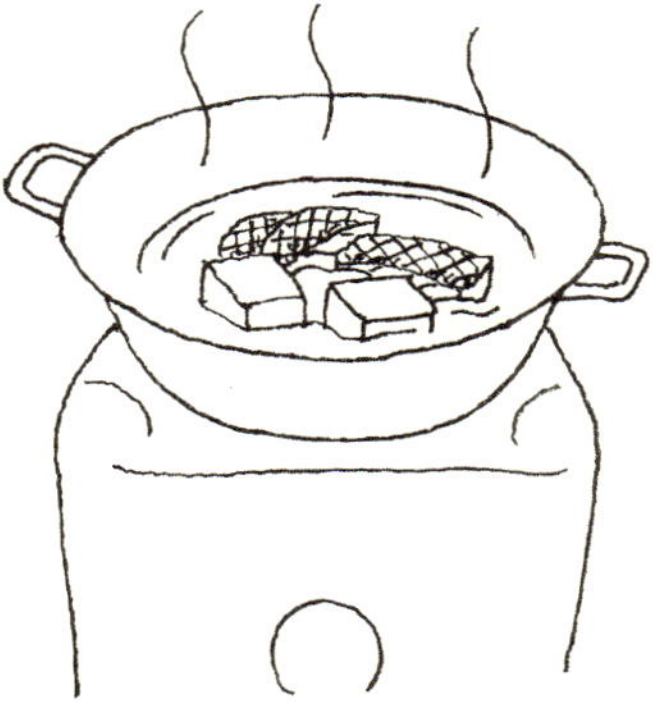

鱈の湯豆腐
薬味いろいろ

昨今は東京でも
生鱈が手に入る

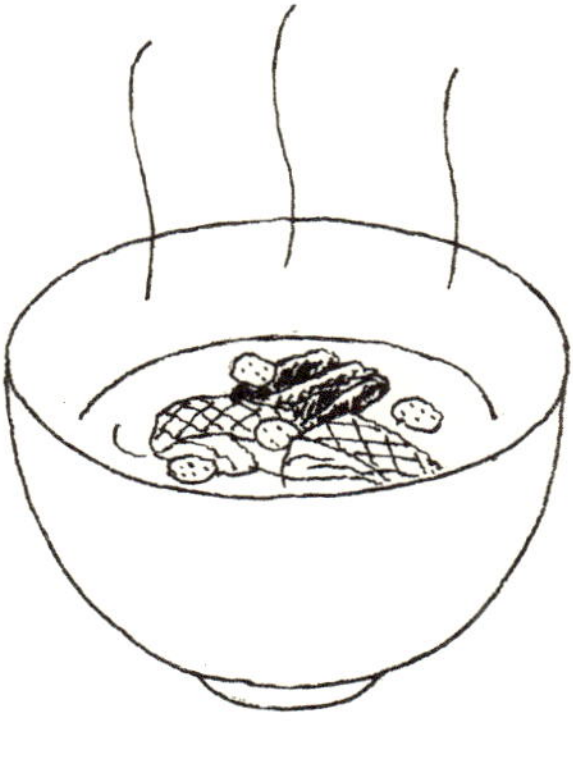

鱈と小松菜の吸物
柚子を散らす

だ。こういうものは、何しろ河豚を買って来なくてはならないから家庭では口にできぬ。

外神田《そとかんだ》の〔H〕という小体《こてい》な料理屋で、これを〔河豚丼《ふぐどんぶり》〕と称して客に出しているのは、ありがたい。

十二月に入ると、私には河豚よりも牡蠣のほうがよい。

それも生牡蠣ではなく、鍋にしたり、牡蠣飯にしたり、網の上へ昆布を敷き、それこそ葱といっしょに焼き、大根おろしで食べたりする。

夜食の牡蠣雑炊もよい。

いずれにせよ、私には、やはり柚子が欠かせないものになる。

柚子をかけた大根おろしの一品だけでも酒がのめる。

こうして一日一日と年が押しつまり、大晦日《おおみそか》になると、午後から外へ出て映画の一つも観てから、蕎麦屋《そばや》へ行き、鴨南《かもなん》ばんで酒を二本ものみ、年越し蕎麦を買って帰るのが十年ほど前までの私の習慣だったが、いまはやらない。……と、書いているうち、今年は、この習慣を復活してみたくなってきた。

三章　江戸の匂いのする情景

どんどん焼

私が、ほんの子供のころ、母親が毎日くれる小遣いは二銭ほどだったろう。何しろ母は、ひとりではたらいて、祖母と弟と私を養っていたのだから、それでもよいほうだった。

毎月、待ちかねて買う少年倶楽部《クラブ》などは別に金をよこしたし、いくらか余裕があれば五銭、十銭とくれる。

東京の下町の、子供たちの買い食いは駄菓子屋にきまっていて、飴玉《あめだま》が二個で一銭、煎餅は一枚、餡の玉が一個で一銭というわけで、紙芝居も一銭で飴を買って見物できた。

それにくらべると、私たちが「どんどん焼」とよんでいた、いわゆるお好み焼の屋台では最低のエビ天、イカ天、肉のないパンカツなどでも二銭とられたものだ。

何といっても、子供たちがもっとも好んだものは、この〔どんどん焼〕だったろう。

町内には必ず一つ二つ、どんどん焼の屋台が出ていたもので、それぞれに個性があり、子供たちは自分の好みによって、相当に離れた町に出ている屋台へ食べに行ったものだ。

先ず、一銭のパンカツというのは、食パンを三角に切ったものへ、メリケン粉（卵入り）を溶いたものをぬって焼き、ウスター・ソースをかけたもの。パンカツの上《じょう》は牛の挽肉《ひきにく》を乗せて焼く。これは五銭。

最上のものは〔カツレツ〕であって、これはメリケン粉を鉄板へ小判形に置き、その上へ薄切りの牛肉を敷き、メリケン粉をかけまわしてパン粉を振りかけ、両面を焼きあげたもので、これが五銭から十銭だった。

むろん、ソースやきそばもあるし、オムレツもある。メリケン粉を細長く置いて、これに豆餅と餡をのせて巻き込み、焼きあげたものを〔おしる粉〕という。キャベツと揚げ玉を炒めたものが〔キャベツ・ボール〕だ。

こうした戦前の、東京の下町の〔どんどん焼〕は、いま流行のお好み焼とは全くちがう。

そこで、今回は、私が新潮社のクラブで実演してみることにした。編集者が十何人も食べにあらわれたので、彼らに手つだわせ、約二時間で、数種類のどんどん焼を十人前も焼いた。

この中の〔鳥の巣焼〕というのは、私が十二歳のときに考えたもので、当時、鳥越《とりごえ》神社の近くに出ていた屋台のおやじに、

「おじさん、こういうの、やってごらんよ」

と、すすめてみたところ、

「ふうむ。旨そうだな」

すぐにやってみて、

「こいつは売れる」

と、自分の屋台のメニューにしてしまった。

つぎの〔ポテト・ボール〕も、私がすすめてやらせた。

このおやじ、そのころ三十五、六だったろうか。屋台を出している場所の近くに住む、どこかのお妾《めかけ》さんといい仲になってしまい、

「正ちゃん、店番をたのむよ。そのかわり、好きなものを焼いておあがり」

こういって、上等のカツレツだの牛天だの、やきそばだのをこしらえ、その女

のところへ持って行くのだが、先ず二時間はもどって来ない。

そこで、私は実際に、注文に応じてどんどん焼をつくり、子供の客に売ったのだ。

このおやじは、近辺の女房たちが「役者」とよんでいたほどの美男だったが、お妾さんの旦那が博奕打《ばくちう》ちで、ついに現場を押えられ、何処かへ連れて行かれ、指を切られてしまったらしい。

子供たちのみではなく、大人たちも、どんどん焼のファンだった。

けれども、大人ともなれば、どこの屋台でもいいというわけにはまいらぬ。

当時、浅草から下谷《したや》にかけて、〔町田《まちだ》〕というどんどん焼の屋台が有名だった。

町田の屋台は、諸方の縁日をまわって出る。

私の家の近くの、溝店《どぶだな》のお祖師《そっ》さまの縁日にも出る。

毎月の七の日が、ここの縁日だった。

さまざまな露店が立ちならぶ外れに、町田の屋台が出ている。町田の屋台はピカピカに光ってい、子供ごころにも品格が感じられた。

町田のおやじは五十をこえていたろう。娘夫婦に死なれ、洋食屋の店もうまくゆかなくなり、おもいきって、どんどん焼の屋台をはじめたと聞いた。

老夫婦が、男の子の孫を連れ、夜店ではたらいているのだが、以前は洋食屋をしていただけあって、やきそばにブイヨンをつかったりするし、牛天やエビ天のようなポピュラーなものでも、他の屋台とは全く味がちがっていた。

縁日の夜になると、祖母も母も叔父も、同居していた母の従弟も、それぞれに注文を出し、私を買いに走らせるのだ。

私は、小学校を卒業したら、すぐにはたらきに出ることになっていたものだから、本気で、

(町田へ弟子入りをして、どんどん焼屋になろうか?)

と、考えたことがある。

母は反対で、

「食べ物のほうをやりたいのなら、たとえば帝国ホテルのようなところへ入って修行するがいい。それなら賛成する」

と、いった。

私は、どんどん焼だからこそやりたいので、結局、このはなしは流れてしまったが、町田のおやじにこのことをはなすと、

「とんでもない。いまのうちから、こんな商売をやるなんて考えてはいけない。

こんなものは、ジンセイのハイザンシャがやるものだ」

と、怖い顔をしてたしなめた。

(ジンセイのハイザンシャ……?)

とっさには、わからなかったが、やがてわかった。

いまでも私は、夜店の屋台で、たくましい顔に汗をにじませ、鉄板の前で仕事をしている町田のおやじの顔や、その傍で孫を抱いている老妻の顔を思い浮かべることがある。

茶柄杓《ちやびしやく》のようなもので、メリケン粉を鉄板へ落し込み、厚手の〔ハガシ〕を魔法のようにあやつる町田のおやじの手ぎわのあざやかさを、私たちはツバをのみこみながら見まもっていたものだ。

洋食屋の主人として、一時は繁昌《はんじよう》をしていた町田のおやじは、プライドも高かった。

いくらも他に出ている、どんどん焼とは、

(くらべものにならないのだぞ)

という意気込みが、子供たちにもつたわってきた。

できあがったものは、断然、他の屋台とはちがう。

「こんなもの、どこがいいのでしょうねえ」

と、子供にせがまれて、町田の屋台へやって来た或る病院の院長夫人が、そういったのをきいた町田のおやじは、

「あなたには売りません。お帰り下さい」

と、いったそうな。

これを目撃した小学校の同級生から、私は耳にしたのである。

いまも私は、折にふれて自宅で、どんどん焼でビールをのんだりする。

だが、町田のまねはできない。

したがって、今度、実演したのは鳥越の〔役者〕の屋台のものだ。

〔役者〕の屋台も、当時、かなりの評判を得ていて、子供の私がいうことなども、すぐに採り入れたりする熱心さがあったようにおもう。

みなさんも自宅で、ソースやきそばをおやりになるだろうとおもう。そのとき、ソースをかける前に、ブイヨンでも、固型スープを溶かしたものでも振りかけて炒めておくと、味が格別のものとなる。

それがないときは、清酒を振りかけてもよい。

好物雑感

i 冷奴《ひややつこ》

冷奴、とは……なんと、シックな名をつけたものだろう。

むろん、だれが命名したのか、不明である。

およそ、五分から一寸角の方形に切った豆腐を〔やっこ〕とよぶのは、江戸時代の槍持奴《やりもちやつこ》などが着ている制服の紋所の連想から生まれたものと見てよい。もっと小形の方形に切ったものを、〔賽《さい》の目〕という。これも同じ発想から出たものであろう。

私が生まれ育った、東京の下町……電気冷蔵庫もクーラーも、扇風機ですらそなえてはいなかった職人の家の、夏の夕餉《ゆうげ》の膳にのぼる冷奴の涼味は、子供ごころにも、汗のひくおもいがしたものだ。

そして、そのころの東京の町の夕闇には、蝙蝠が飛び交っていたのである。

月の面に蝙蝠屡々《しばしば》かかりけり　泊雲

冷奴には、絹濾《きぬごし》の豆腐がよいとされている。料亭などでは、青柚の香りをふくませたりして、わざわざ特別にこしらえたものを出すが、でも私は、ふつうの白豆腐の、豆のにおいがするやつのほうがよい。

冷奴は、大きな料亭で出す食べものではない。

しかし、あくまでも夏の涼しさをよぶ食べものだけに、器だけは似合いのものにしたい。

私は、生醬油へ少し酒をまぜ合せた附醬油に、青紫蘇《あおじそ》と晒葱《さらしねぎ》の薬味で食べる。

ii花見とだんご

私が生まれたところは浅草の聖天町《しょうでんちょう》で、育ったところも同じ浅草の永住町だが、小学校は下谷の西町にあり、したがって上野・浅草の両公園と盛り場は子供のころの私にとって我家《わがや》の庭のようなものであった。

学校から帰って日が暮れるまでは、ひろい上野公園で遊び、夜は浅草六区《ろっく》の盛り場を散歩するという、東京の下町の子供たちは、そうしたたのしみをおもう存分味わいつつ育ったのである。

　申すまでもなく上野と浅草の花見は江戸時代からの〔名物〕であって、正しくは上野の山内（現公園）と大川（隅田川）の東岸の桜花《はな》を見ながら、大人も子供もそれぞれに遊楽の日をすごす。

　下町の子供たちは、親に連れられて花見に行くなどということを考えてもみなかった。みんな、自分たちで行く。餅菓子屋で売っている一串二銭のだんごを甘いのと辛いのと一串ずつ買って、私は上野の山の桜花を見に出かけた。

　そのうちに、動物園の近くにある〔うぐいす亭〕という茶店で売っている三色だんごというのを見つけて、小遣いがあるときは、うぐいす亭へ入り、白と緑と小豆色の、串にさしてない大振りのだんごをとり、サイダーか何かをのんだりしたものだ。

　その上品な甘味、色合の美しさは、私どもの町の菓子屋にはないもので、大人になってからも、うぐいす亭へは年に何度か行くようになった。

　近年の私は花の盛りの混雑するときは出かけない。

　上野の寛永寺《かんえいじ》……すなわち江戸時代は、現上野公園の全域をしめていた寛永寺の子院で徳川幕府最後の将軍慶喜《よしのぶ》が大政奉還の後《のち》に恭順謹慎していた大慈院《だいじいん》が現寛永寺となったわけだが、ここの境内の数少ない八重桜は、上野山内の桜花の中で、もっとも散るのが遅い。

花見どきもすぎて、しずまり返った春の夕暮れに、あらかじめ買っておいた三色だんごをたずさえ、魔法びんへ茶をいれ、ひとりで、ぶらりと、寛永寺の散りかかる八重桜を見に行く。

むろん、だんごをやめて、酒にするときもある。

そして、寛永寺の許可が得られたときは、中へ入れてもらい、いまも残されている徳川慶喜謹慎の間《ま》を見て来るのである。

桜花は一本《ひともと》か二本《ふたもと》がよい。

そして、淡い夕闇の中で見るのが好きだ。

また、さらに、桜花は散りぎわがよい。

小説の中の食欲

私が書いている時代小説に、登場する人びとの酒食のありさまがよく出てくるのは、一つは、季節感を出したいからなのである。

いまの食物《くいもの》は、夏も冬もあったものではないけれど、戦前までは、四季それぞれの魚や野菜のみを私どもは口にしていたのであって、冬の最中《さなか》に胡瓜や茄子やトマトを食べたおぼえは一度もない。

それで、子供ごころにも夏が近づいてくると、夏の野菜を入れた冷し汁が、

(もうじき、食べられるな……)

と、おもったり、

(茄子の味噌汁《おみおつけ》も、もうじきだな)

と、おもったりしたものだ。

そして夏になると、東京湾の、大森のあたりでとれるカニを、よく売りに来た

ものだ。

その呼び声が道に聞こえてくると、錺職《かざりしょく》だった祖父は、

「おい、カニが来たぜ、買ってこい」

と、祖母にいいつけ、カニ屋を呼びとめて、ザル一杯もカニを買った。

そのカニを茹であげ、家族が車座になって食べるのが、そのころの東京の下町の、お八ツだったのである。

「さ、もっと食べろ、もっと食べろ」

と、孫の私にいう祖父の躰からは、香ばしい汗の匂いがした。だから夏になると、私は、カニの甲羅や足の殻を金盥《かなだらい》へ投げこむ音や、祖父の汗の匂いをおもい出すのだ。

こうしたわけで、いうまでもなく、人間と食物との関係は非常に深く、大きいのだが、平常は、それを意識していない。

小説を書いているときも、つまり、仕事に没頭しているわけだから、食物のことなどが念頭に浮かばぬためか、日本の小説には意外に食物や料理のことが書かれていないような気がする。

登場人物の食事のシーンを書くと、その人間の性格も知らず知らず、表現する

ことにもなってくる。

何年か前に書いた私の短篇小説で「梅雨《つゆ》の湯豆腐」というのがある。

主人公は、金で殺人を引き受ける三十男で、名を彦次郎といい、ふだんは浅草の外れの塩入《しおいり》土手下の一軒家に、ひとりきりで住み暮し、ふさ楊子をつくっている。

だから、近辺の人びとも、彼を〈楊子つくり〉の職人としかおもっていない。

彦次郎は豆腐が大好物で、梅雨どきの、ちょっと冷えこんできた夕暮れになると、湯豆腐をつくって食べる。

あるとき、彦次郎は殺人を請け負い、準備をすすめる。

そして、いよいよ明日は、殺人を決行するという晩に、彦次郎は食事の仕度にかかるわけだが……。

ここまで書いてくると、作者はもう、彦次郎という〈殺し屋〉になりきってしまっている。

(飯の仕度をしよう……)

と、おもっても、何となく食欲が出てこなくなる。

これまでに何人も殺している男だが、やはり、いざ明日は人ひとりを殺すことになれば、おのずと、こうなってくるのだ。

だからといって、何も食べないわけにもゆかぬ。

そこで……。

彦次郎は火を起しかけて舌うちをもらし、急にやめた。

そして、生卵を三つほど口へほうりこむと、部屋へもどって来て床《とこ》をのべてから、湯のみ茶わんの冷酒を寝そべってのみはじめた。

と、われ知らず、ペンが走ってしまうのである。

東京の下町

こころみに、手もとにある辞典で〈下町〉という語句を引いてみようか。

①町のうちの低地の部分で、商工業が行われる地区。山手《やまのて》に対する呼称。②特に東京都東部一帯の低地の通称。浅草・上野・日本橋・銀座などの繁華街がある。江戸時代からの商工業地区で、いわゆる江戸っ子は本来ここで生まれ育った人をいう。

と、ある。

これだけでは概念にすぎないが、さらに、これを煮つめれば、下町は庶民の住む場所というイメージになろう。

明治維新後の東京の山ノ手は、それまでの武家地へ、諸官庁や、新政府によって成り上った諸国の人びとがあつまり、貴族になったり、軍人になったり、官僚や政治家になったりした。

そうして見ると、

「いわゆる江戸っ子は、本来、下町に生まれ育った人をいう」

とある辞書の簡略な記述に、うなずけぬこともない。

俗に「三代つづかなくては、江戸っ子ではない」などというが、これは江戸であろうが大阪《おおさか》であろうが、金沢《かなざわ》であろうが何処であろうが、みな同じことであって、習俗も季節も、それぞれ異なる土地に住みつき、その土地の生活が、しっくりと身にそなわるまでは、やはり、三代はかかるという意味なのであろう。

国は小さいが、北から南まで、多彩をきわめる日本の風土は、二百何十年にわたった封建時代によって、それぞれに特殊な風俗と文化をつくりあげた。

江戸が、徳川将軍の城下町としての性格をもち、それが独自の風俗を生み出したことは、いうをまたない。

それが現代になって、交通・経済の目まぐるしい発達により、いまや、東京も大阪も金沢も同じ風俗と生活に単一化しつつある。

〈庶民〉という言葉も、いまは実感をともなわぬ。

テレビが一つあるか、三つあるか。または部屋数が少ないか多いか。自動車があるかないか……およそ、それほどの相違だけで、会社員も職人も社長も大臣も、女優も主婦も、すべてが電化生活を送り、大差ない食料を口にし、日本の各地へ、諸外国への旅行をたのしむ。

ただ、第二次大戦に破壊されなかった町には、むかしの人びとの生活がしみついた〈家〉と〈道具〉が残されてい、この二つのものが、そこに暮す人びとに複雑で微妙な影響をあたえる。

その代表が、京都であろう。

これとても、フランスのパリと同様に、とどまることを知らぬ現代文明の侵入によって、姿を変えつつある。

たとえば、ここに、むかしの火鉢が一つあるとしよう。

冬になって、火鉢を出し、炭火を熾し、むかしの暮しを想い出そうとしても、住んでいる町には炭屋もない。

若い夫婦が月給にふさわしい部屋を借りようとすれば、その部屋代は安くとも浴室がついていない。それなら銭湯へ行こうとおもえば、すでに町の銭湯は激減するばかりなので、場合によってはバス代をはらって銭湯へ出かけることになってしまう。

住居費と収入とのつり合いが、このように奇妙なものとなってしまったことを看《み》ても、以前、私どもがつかっていた〈庶民〉という語感は薄れつつある。

近い将来に、時代は、また激しく変って行くであろうが、いまのところ、日本は退屈な単一化を目ざしてすすむだけなのだ。

しかし、東京にも、むかしの下町の姿が全く消えてしまったかというと、まだ消えつくしてはいない。

先にのべたように、江戸から東京となったこの都市へ、何代にもわたって住み暮してきた人びとには、他に故郷がない。

私なども、両親の先祖は富山・千葉の両県だが、それぞれ天保《てんぽう》のころから江戸に住みつき、私までつづいているので、いま、たとえば先祖が出生した土地へ行ってみても、だれ一人、知っている者とてないわけだ。

ゆえに、戦災を受けて灰になった自分たちの町へ、その大半が終戦後に帰らざるを得ない。

たとえば、私が生まれ育った浅草の或る町など、いまも、むかしのままの人びとがむかしのままの場所に住み暮している。

そして、こういう人びとが、東京の下町の習俗を、わずかにつたえ残していることになる。

ましで、わずかに焼け残った家と道具をもつ人びとは、押し寄せる破壊化の中で、最後の最後まで、むかしの下町の暮しをまもりぬこうとしている。

或る幼女が、祖父に、

「おじいちゃん、牧場を買ってちょうだい」

と、いった。

「牧場なんか買って、どうする?」

「牛を飼うの」

幼女は絵本か何かで牧場の絵を見たのであろう。

「牛は大きくて、飼うのに大変だよ」

すると幼女が、

「だって、犬《ワンワン》ぐらいでしょ」

そういったというのだ。

この幼女にかぎらず、東京の下町には牛も馬も見たことがない子供たちがいる。

むかしの下町には牛も、馬もいた。

夏の夕暮れには、蝙蝠が飛び交い、近くに川がながれていれば、蛍も飛んだ。

私なども、上野の不忍池《しのばずのいけ》のあたりで蛍をつかまえてきて、蚊帳の中に放したりした。

蚊遣《かや》りの香ばしい匂いがこもる部屋の闇の中で、祖父と祖母の寝息がきこえる。

そして、青い蚊帳の中で、三つ四つと、小さな光りが明滅しながらただよっているのを、子供ごころにも夢心地に見とれていたものであった。

下町の子供たちのたのしみを書きつらねていたら、もう切りがない。

夏休みが来ても、東京をはなれて何処かへ行きたいなどと、おもったことは一度もない。

下町には野原もあり、いたるところに広い材木置場があり、映画館・芝居小屋・寄席などが、それぞれの町にあったし、子供が親からもらう小遣いを貯《た》めたり、つかったりすることによって、大人のまねがいくらでもできた。

(何をして遊ぼうか……?)

と、選択に迷うほど、たのしみが豊富だったのである。

玩具《おもちゃ》などというものは、みんな、自分でつくってしまった。

切り出しや、鋸《のこぎり》・鉋《かんな》を家から持ち出し、木や竹を使って、竹馬も木刀も水鉄砲も、みんな自分でつくったものだ。

手と足と頭のはたらきで、子供たちは、際限もなく、自分のたのしみをつくり出すことができた。

夏の夜は、通りも道も、町の人びとの〈サロン〉になってしまう。

大人たちは一日の労働の汗をながしてから、道へ縁台を出し、世間ばなしに興じたり、将棋をさしたりする。

高層建築がほとんど無かった町に、涼風はおもうままに吹きぬけ、冬の空地では子供たちが焚火で芋を焼いた。

そして、日本橋や銀座・浅草・上野などの大きな商店街を別にして、下町のたたずまいには何の飾り気もなかった。

人びとは、よほどの用事がないかぎり、自分が住み暮す町から、めったに出て行かなかった。

ゆえに、町の商店も食べもの屋も、なじみの人びとを相手に商売をし、仕事をしたのである。

看板も飾り窓も、ほとんど必要がないほどであった。

その、つつましい、落ちついた看板や飾り窓がいまもわずかに、下町の片隅に残っている。

そして、諸方の祭礼や紋日《もんび》には、むかしの下町の風俗や物売りなどが、眠りからさめてあらわれる。

現代の若者たちも目をみはり、興奮する。むかしを知らぬ若者たちの体内にながれていた日本人の血がさわぎ出すのであろうか……。

地方のことはさておき、むかしの東京で、一所懸命にはたらいている者は、飢えることがなかった。

東京という町が、飢えさせなかった。

となり近所が「助け合う」ということは、ほとんど無意識のうちにおこなわれた。

大きな団地やマンションに、これまでは見も知らなかった人びとが寄りあつまるのとは、まったくちがう。

その家の二代も三代も前から知り合っている人たちのあつまりが下町であった。

私の母などは、女手ひとつに二人の男の子を育てつつ、はたらいていたわけだが、そうした女は無数にいて、これを無数の人びとが何気もなくたすけてくれたのだ。

下町の子供たちは小学校の義務教育を終えるや、十三か十四ですぐに、世の中へ出て行った。

これが当り前のことであって、私の老母は、

「子供たちの教育費なんてものは微々たるもので、まったく、暮しのさしさわりにはならなかった」

と、いう。

貧乏の中に、活気がみなぎってい、すこしも他人《ひと》をうらやまなかった。

人びとのこころとこころは暖く通い合っていながら、その奥底へは決して立ち入ろうとはしなかった。

立ち入らなくとも、たがいに、わかり合っていたのだ。

〈人情〉というものは、いまでいう〈連帯感〉のことなのである。

むかしの下町の暮しは、情感が生まれるようにできていた。

それは、江戸時代からの町の伝統や風俗が、まだまだ色濃く残っていたからであろう。

そして、破壊されつくした東京の片隅に、それらのものが尚も微かに息づいているのを見るとき、むかしの東京人《びと》は、ほっと安堵《あんど》のためいきを吐《つ》くのである。

四章　通のたしなみ

鮨屋へ行ったときは
シャリだなんて言わないで、
普通に
「ゴハン」と言えば
いいんですよ。

ちゃんとした鮨屋は〝通〟ぶる客を軽蔑する

（よく鮨屋で、飯のことをシャリと言ったり、生姜《しょうが》のことをガリと言ったりする客がいますが、やっぱりああいうほうが「通」なんでしょうか……）

いや、客がそういうことばを使って通ぶるのを喜ぶような鮨屋だったら駄目だね。ちゃんとした鮨屋だったら、客がそんなことを言ったらかえって軽蔑されちゃう。

だからね、鮨屋へ行ったときはシャリだなんて言わないで普通に「ゴハン」と言えばいいんですよ。トログらいは、いま、どこでもそう言うんでしょうから「中トロください」と言えばいいけれども、ぼくらの時分はトロのところなんかでも、

「少し脂のところを……」

と、こういうふうに言ったものだよ。

飯のことをシャリとか、箸のことをオテモトとか、醬油のことをムラサキとか、あるいはお茶のことをアガリとか、そういうことを言われたら、昔の本当の鮨屋だったらいいやな顔をしたものです。それは鮨屋仲間の隠語なんだからね。お客が使うことはない。

普通に、

「お茶をください」

と言えば、鮨屋のほうでちゃんとしてくれる。だけど、いま、みんなそういうことを言うね。鮨屋に限らず、万事にそういう知ったかぶりが多い。

鮨屋に行っていやな顔をされるというのは、握った鮨を前に置いたまま長々とビールか何かを飲みながらしゃべって、まあ、重役の悪口を言ったりなんかして

いるやつね、元来、鮨というのは家へみやげに持って帰ることも出来るほどのものだし、ちょっと置いといたほうがいいという人もいるわけだから、それほどあわてて食べなくてもいいけどね。

（ほかに客がいるのに、カウンターをダーッと占領しちゃって、前に握った鮨を並べたままで、全然注文をしない……そういうのはよくないわけですね、板前が手持ちぶさたで……）

手持ちぶさたはいいんだよ。飲んでいるときはね。だけど、握り始めたら食べなきゃ。

話すことがあれば、またそれからどこかへ行って話す。ビアホールかどこかへ食べたあとに行って話せばいいんだから。

（飲むのと話すのというのは、鮨屋でなくても出来るわけですものね。でも、鮨屋で刺身を食べるというのはいいんですか……）

それはいいんですよ。いいんだけどね、昔は鮨屋でもって酒を長々と飲むということはあんまりなかったんだ。第一、台の前へ坐って板前と差し向かいで食べるという鮨屋がほとんどなかったからね。たいてい椅子とテーブルがあってね、奥のほうで握ってきたのを持ってきたものですよ。

いまは、みんな並べているからしようがないけどね。だけど、いまでもちゃんとした鮨屋へ行くと全部冷蔵庫にしまってあって、そこから出して握るわけだ。いまは、みんな並べておかないと店が華やかにならないとか、お客も見てすぐわかるから、ということでしょうけどね。

そばを食べるときに、まず
食べにくかったら、真ん中から取っていけば
いい。そうすればうまく
どんどん取れるんだよ。

そばは、二口、三口かんでからのどに入れるのが一番うまい

「盛りそばで酒を飲むのはいい……」というようなことを通ぶった人がよく言うでしょう。だけど実際に、通じゃなくてもいいものなんだよ。だから、そばで酒を飲んでもちっともキザじゃないんだよ。ぼくも好きですよ。

（そばというのはやっぱり「本場」というのがあって、そこへ行って食べなきゃ駄目なんですか……）

そばというのはみんな各地によって違う。田舎そばと東京のそばは違うわけだよ。田舎そばって、うどん粉をあまり入れないで真っ黒いそばを手で打って、手で切って、パラパラになったようなそばもまたそれでいいわけなんだ。東京のそばのように細くて、ずうっとスマートにつくってあるそばも、それはそれでいいわけなんだよ。

だから、何がいいと決めないで、その土地土地によってみんなそれぞれ特徴があるんだから、それを素直に味わえばいいんですよ。どこそこの何というそばでなければ、そばじゃないなんて決めつけるのが一番つまらないことだと思う。

ただ、そばを口の中に入れてクチャクチャクチャかんでるのはよくねえな、東京のそばでね。かむのはいいけど、クチャクチャかまないでさ、二口三口でかんで、それでのどに入れちゃわなきゃ。クチャクチャかんでたら、事実うまくねえんだよ。

（やっぱり、そばの真骨頂というのは、ほかに何かいろいろと上にのっけたりしないで、盛りそばが一番とよく言いますが……）

まあ、それはそうですね。だけど、それでなきゃいけないとか、それ以外は駄目だなんて言うことはない。

（そば屋がお茶を出すのはおかしいということですが、どうなんでしょうか……）

そば屋がお茶を出したって、おかしいということはないけど、そば屋はそば湯を出すものと決まっているからね。だけどいまはもう昔と違って、いろんなものがまざり合っている時代だから、お茶を出すところもあると思うんだよ。それをおかしいとか、そういうそば屋はたいしたそば屋じゃないと言ってみてもはじまらないでしょう。そば湯を出すのが本来ではあるけどね。

唐辛子は、そばそのものの上に振っておく

そばのつゆにしても、ちょっと先だけつけてスーッとやるのが本当だと言うけど、これだって一概には言えないんだ。つゆが薄い場合はどっぷりつけていいんだよ。

ちょっとつけるというのは、どっぷりつけたら辛くて食べられないからちょっとつける。たとえば東京の「藪《やぶ》」のそばなんかは、おつゆが濃いわけだから、全部つけられないわけだよ。だから先にちょっとつけてスーッと吸い込むと、口の中でまざり合ってちょうどよくなるわけ。

普通のわれわれが住んでいる町のそば屋に行って食べると、そばつゆが薄いで

しょう。あれだったら全部つけていいんだよ。あるいは田舎で食べるそばは、たいていみんな、おつゆが薄いんだから、あれまで先にちょっとつけて食べることはないんだよ。

そういうことを言うのは江戸っ子の半可通と言ってね、ばかなんだよ。冗談言っちゃいけない、本当の東京の人は辛いからつけないんだ、無理してつけないんじゃなくて。東京のそばのおつゆはわざと辛くしてあるわけだ。先へつけて口の中でまざりあってちょうどいいように辛くしてある。だから、こうやって見ておつゆが薄ければ、どっぷりつけちゃえばいいんですよ。

舌なら舌へ、ちょいと乗せてみて、これなら全部つけたほうがいいと思ったら、そうすればいい。中につけて、ひっかきまわして食う人がいるけど、あれはどうもね……。

それでね。そばというのは本当にそのそばがうまければ、何も薬味というのはいらないんだけれども、唐辛子をかけるときでも、だいたい唐辛子というものはおつゆの中に入れちゃう。あれはおかしい。

唐辛子をかけたかったら、そばそのものの上に、食べる前に少しずつ振っておくんだよ。それでなかったらもう、唐辛子の香りなんか消えちゃうじゃないか。

そうでしょう。

それから、そばを食べるときに、食べにくかったら、まず真ん中から取っていけばいい。そうすればうまくどんどん取れるんだよ。端のほうから取ろうとするからグジャグジャになってなかなか取れない。そばというのは本当は、そういうふうに盛ってあるものなんだよ。そういうふうになっていないそば屋は駄目なんだよ。

まあね、好きなように食べればいいんだけれども、結局、うまく食べるためにそういうふうになっているということなんだね。

てんぷら屋に行くときは
腹をすかして行って、親の
敵《かたき》にでも会ったように
揚げるそばからかぶりつく
ようにして食べていかなきゃ。

てんぷらは、親の敵にでも会ったように、揚げるそばからかぶりつく

鮨の場合はそれほどでもないけど、てんぷらの場合はそれこそ、

「揚げるそばから食べる……」

のでなかったら、てんぷら屋なんかに行かないほうがいい。そうでないと職人が困っちゃうんだよ。

だから、てんぷら屋に行くときは腹をすかして行って、親の敵にでも会ったように揚げるそばからかぶりつくようにして食べていかなきゃ、てんぷら屋のおや

じは喜ばないんだよ。

よく、てんぷらの揚がっているのを前に置いて、しゃべってるのがいるじゃないの。そういうのはもう、一所懸命、自分が揚げているのに何だというので、がっかりするんですよ。

こういう客だとね、油の加減というのは、待っていなきゃならないからね、やりにくいわけだよ。てんぷらというのは、材料が新鮮であることと、油の加減、これが大事なわけだからね。待っていれば同じ火力にしておいてもどんどん油の温度が上がり過ぎちゃう。それをまた調節しなきゃならないわけでしょう、ちゃんとしたてんぷら屋なら。いちいち調節して、また適当なところにするというのはなかなかむずかしいんですよ。

だから、てんぷら屋に行ったときは、とにかく出るそばから食べる。酒は少ししか飲めないよ。また、たくさん飲むとてんぷらの味が、酒のいろいろなほうにあれされて、駄目になってしまう。

てんぷら屋だったら、まあ、酒は二本までが限度だね。てんぷら屋に行ってビールをがぶがぶ飲んだり、ことにウイスキーをがぶがぶ飲んだりしてたらもう肝心のてんぷらの味が落ちちゃってね。

それから鮨屋でもやっぱり、二本が限度ですよ。そんなに飲むところじゃないんだからね、てんぷら屋も鮨屋も。だから、そういうところをちゃんとしてやると、てんぷら屋のおやじ、鮨屋のおやじは喜ぶわけですよ。

わさびは、醬油に溶かさずに、刺身の上に乗せる

（うまく食べるために板前や料理人がそういうふうにしているものを、われわれの場合どうしたらいいのかわからないものだから、せっかくの味を駄目にしてしまうんですね……）

たとえば「吉兆《きっちょう》」へ行ったとする。そうすると椀盛りというものが出るだろう。煮ものというよりも、蓋のついた塗りもののお椀で一見吸いもののようなんだけれどね。吸いものにしろ椀盛りにしろ、お椀のものが来たらすぐそいつは食べちまうことだね。いい料理屋の場合はもう料理人が泣いちゃうわけですよ。熱いものはすぐ食べなきゃ。

よく宴会なんかで椀盛りが出ても、蓋をしたままベチャベチャしゃべっているのがいるだろう。あるいは半分食べて、食べかけでね。それは一気に食べちゃわなきゃいけない。

（そういうことを知らないから、われわれは、来るなりすぐに蓋を取って食べたんじゃカッコ悪いんじゃなかろうかなんて考えちゃうんです……）

本当のいい料理屋あたりになると、もう本当にすぐ食べるようにして神経を遣って、その吸いものの温度なり何なりを考えて出してくるわけだからね。

（最初からその場所にセットしてある突き出しみたいなのは、やっぱり食べちゃってもいいいんですか……）

すぐ食べないと、あとのを持ってこられないもの。お膳が広ければいいけどさ。だから出された順番にすぐ食べちゃわなきゃいけない。

ともかく、名の通ったいい料理屋へ行くときには何よりもまず、

「腹をすかして行く……」

ということが大事だし、それが料理屋に対しても礼儀なんだよ。

どうしても腹がすかせないで、おつき合いで行って食べられそうもないという場合は、むしろ手をつけないほうがいいいんだよ。

仲居に、

「あと、何が出るの？」

と、聞いてもいいんだな。で、仲居が何と何ですと教えてくれるから、

「それならぼくは、あとのそれを食べるから、いまちょっとおなかいっぱいだから、これは結構です」

と言って、手をつけずに最後きれいなまま下げてもらう。そうしたら、せっかくのものが駄目にならないでしょう。だれが食べたっていいわけだから。

もう一つ覚えておくといいのは、これはいつかも話したけれども、お刺身を食べるときに、たいていの人はわさびを取ってお醬油で溶いちゃうだろう。あれはつまらないよ。

刺身の上にわさびをちょっと乗せて、これにお醬油をちょっとつけて食べればいいんだ。そうしないとわさびの香りが抜けちゃう。醬油も濁って新鮮でなくなるしね。

それから刺身にはつまとして穂じそなんてのがついてくる、それもみんなしごいて醬油の中に入れちゃうだろう。あれもやっぱり香りがなくなっちゃうんだよ。あれは刺身の合いの手に手でつまんで口に入れるから香りがいいわけ。それでこそ薬味になる。

たまにはうんといい肉で、
ぜいたくなことをやって
みないと、本当のすきやきの
おいしさとか肉のうま味
というのが味わえない。

いい肉を使うか、安い肉を使うかで、すきやきの作り方は違ってくる

すきやきというのは、上方式に砂糖と醬油で、まず肉を煮て、あとで野菜を入れて煮るというやりかたと、東京のようにある程度、肉も野菜も一緒に入れて、割下といってすでに調合してあるだしを鍋に入れて煮て食べるというやりかたとか、いろいろあるわけですよ。

これもやっぱりその土地それぞれのやりかたで、うまいと思って食べればいいんだけど、ぼくが家でやる場合は肉による。いい肉、あんまりよくない肉、高い

肉、安い肉、肉によってやりかたが違うはずなんだな。

ぼくが家でやる場合は、いい肉を使ってやるときは割下をつくるわけです。かつおぶしと醬油とみりんで、砂糖を使わないで。そんなに濃くしない。それを少し鍋に入れて、それがバーッと沸騰してきたら肉を入れて、ちょっと一呼吸して一度裏返しにして、煮過ぎちゃったらもう駄目だからね、さっと火が通ったかどうかぐらいの感じで食べるんだよ。

はじめは何にも入れない、肉だけ。割下が煮立ってなくなったら、また注ぎ足《つ》して、ほとんど肉を動かさないように自分で取って裏返すぐらいにしてパッと食べれば、割下も濁らないわけです。そして肉だって本当にうまいわけ。

そのうちにだんだん肉のエキスが鍋にまじってくる。また注ぎ足して、具合がよくなってきたら野菜を入れるんだけれども、ぼくは野菜はねぎだけです。

それで割下が煮つまってくれば、ねぎと肉を最後はちょっと入れて、ちょっと濃い目にして、ごはんを食べるようにするとかしますけどね。

結局、肉のうま味ということを考えれば、こういうやりかたがいいとぼくは思うね。だけど、安い肉の場合は一緒に煮立てちゃったほうがいいと思うね、濃い割下でね。

肉を四、五枚を食べるごとに、割下をかえるのが、ぜいたくなすきやきの食べ方

肉とねぎ以外は、ぼくは入れない。というのは、しらたきなんか入れると水が出ちゃうから狂っちゃうんだよ、割下の加減が。豆腐だって相当水が出るし、それはねぎだって水分があるわけだが、まあ、ねぎだったら合うから。ねぎは斜めに切らないでブツ切りにする、いいねぎだったら。そして鍋の中に縦に並べるわけよ。そうすると、ねぎというのは巻いてるから、その隙間から熱が上がってきて、やわらかくなるしね。だから、ねぎはあんまり長く切らないわけだ。立てて並べやすいようにね。横に寝かせたらなかなか火が通らないよ、ねぎというのは。

うんといい肉を薄切りにして、こういうふうにやるのがまあ、一番ぜいたくなすきやきじゃないかな。

それで、出来れば一つの割下が煮立ってきたところで肉を四、五枚食べたら、それをパーッと捨てちゃうのがいいんだよ。それで、水なりお湯なりでちょっと鍋をすすいで、また新しい割下でやれば一番ぜいたくなんだよ。

まあ、ぼくはそう言いましたけどね、一つには鍋が焦げつくぐらいに甘辛く煮て食うのも、これはこれでいいものなんですよ。しらたきや豆腐を入れてね。い

ろいろなやりかたがあって、それぞれいいものなんだよ。ぼくが言ったのを、これでなきゃすきやきじゃないとかなんとか言わないでさ。ただ、たまにはうんといい肉で、そういうことをやってみないと、本当のすきやきのおいしさとか肉のうま味というのが味わえない。いつもいつもゴッタ煮みたいなのをしてたらね。

昔から有名なHという肉屋が大阪にあるんですよ。昔はうまかった。この間、行ってね、店の女がやってくれるんだけどやりかたがまずいんだよ。肉屋だから肉はいいんだ。だけど煮かたがまずいんだよ。結局みんな一緒に入れちゃって、やたらにかきまわすようなありさまでね。あれだったら、それこそ店の女はいらないと言って、こっちでやったほうがよかった。

どういうわけか、男っていうのは、すきやきをやりたがるんだよ。それぞれ自分の流儀でね。だけど、ぼくがいま話した方法が一番、だれにでも出来るんだよ。

コップに三分の一くらい注《っ》いで、
それを飲みほしては入れ、
飲みほしては入れして飲むのが
ビールの本当のうまい
飲み方なんですよ。

ビールを注ぎ足すのは、愚の骨頂

ビールというのはね、料理屋の仲居でもそうだけど、本当の料理屋でない限り、まだ残っているうちに注ぎ足してしまう。これは愚の骨頂で、一番ビールをまずくする飲みかたなんだよ。

ビールというのは成分がある程度飛んじゃうわけですよ、時間がたつと。そこへ新しい成分を入れるでしょう。せっかくの新しいあれがまずくなっちゃうんだよ。

それに、ちょっと飲んだのを置いておくと、冷えてたのがある程度温かくなってきちゃうわけだ。そこへ冷えたのを入れても、本当に冷えた感じにはならないでしょう。中和されちゃうから。

だから、ビールの本当の飲みかたというのは、まずお酌で一杯飲むのはしようがないね。それでグーッと飲んだらビールをまず自分のところへ置いとくんですよ。そして自分の手でやらなきゃビールというのはうまくないんだ。

コップになみなみ注がないで、三分の一くらい注いで、それを飲みほしては入れ、飲みほしては入れしして飲むのがビールの本当のうまい飲みかたなんですよ。

欲を言えば、栓を抜くだろう、抜いた栓も上に乗っけてきてくれると一番いい。一杯注いじゃこうして栓をしておけば、気が抜けないだろう。

なみなみと注いでグーッと一気にやるときのうまさはむろんあるけど、何回も何回もビールばかり一気に飲めないでしょう。だから、そういうときは、コップに三分の一ぐらい注いで、そのたびに一気に飲むようにしなきゃうまくないんだよ。

それなのに、ちょっと飲むとすぐ仲居や何かが注ぐでしょう。接待のときもそれをやるからいけないんです。悪循環で全部飲めないからコップに半分残るでしょう。そうするとそのまま放っておくと何か気がつかないみたいでね、怠慢のように思われやしないかということになる。

だからそういうときは、たとえば客を接待したとき、まず、

「ありがとうございました……」

と挨拶をして、みんなと乾杯して飲んだら、新しいビールを客のそばに置いて、

「ビールはご自分でお注ぎになったほうがうまいと思いますので、ここへ置かせていただきます……」

と、言えばいい。まあ、ばかにされた、沽券《こけん》にかかわると思う客もいるかもわからないけどね。

ちゃんとした一流の店で出すビールのコップは小さくて細いでしょう、だいたい。小さいコップでシューッとなっている、あれはビールの本当の飲みかたを考えているから小さいわけですよ。別にお体裁ぶって小さいわけじゃないんだよ。合理的なんだ、そのほうが。


冷たいビールには、熱い唐揚げのじゃがいもがいい

何にだってビールは合うんだけど、やっぱりじゃがいもなんかが合うんだね。

夏はポテト・フライなんかいいんですよ。あんまり大きくしないで、親指の先ぐらいに切ってゆでたのを、唐揚げでもいいけど、パン粉をつけて揚げたほうがうまいんだね。そして普通のウスター・ソースで食べる。キャベツの刻んだものと。

これもやっぱり熱いうちに食わなきゃまずいんだよ。だから、ぼくがそれをやる場合は、お皿で親指の先ぐらいのポテト・フライを持ってくるでしょう。別にこのくらいの小さな電熱器でもいいからそれに金網を乗せておくんだよ。それで、じゃがいもが少しぬるくなったら金網に乗せてちょっと焦げ目がつく程度に焙って、ソースへつけたらジュッとするくらいに熱くして、それでやればいい。うまいよ……。

二、三年前にフランスのニースへ行ったとき、レストランでシャンパンを飲もうじゃないかということになってね。まずシャンパンを注文して、

「シャンパンに最もいい肴は何だ……」

と、聞いたら、

「ポテト・フライがシャンパンの肴には一番です」

と言って、給仕監督《ジェラン》が持って来たよ。向こうのポテト・フライは例の拍子木のスティックというやつ、細切りのポテトの唐揚げだよね。パン粉をつけない。熱

いスティックのポテト・フライで、シルクハットのバケツにシャンパンが入っていて、とても洒落《しゃれ》てたよ。

そういうことだからね、冷たいシャンパンと熱いポテト・フライ、冷たいビールと熱いじゃがいもの唐揚げ、いいわけですよ。さっそくやってごらんよ。

五章　食べる

食べる

人間は、生まれると同時に、確実に〔死〕へ向って歩みはじめる。その〔死〕への道程をつつがなく歩みきるために、動物は食べねばならぬ。

これほどの矛盾があるだろうか。

この一事を見ても、いかに、人間と人間がつくりあげている世界が〔矛盾〕にみちみちているかがわかろうというものだ。

われらの先人たちは、この道理をよくわきまえていたようにおもわれる。〔矛盾〕を〔矛盾〕のままとして、物事を解決する術《すべ》をわきまえていたということだ。

死ぬために生き、生きるために食べる。

それはつまり、

「死ぬために食べていること……」

にもなる。

まさに、矛盾そのものである。

しかし、人間という生き物を創りあげた大自然は、他の生物とは比較にならぬ鋭敏な味覚を付与してくれた。

これがために、人間は多種多様の食物《たべもの》を生み出し、多彩な料理法を考え出した。

「うまい」

と、好みの食物に舌つづみを打つとき、人間は完全に、いま、食事をすすめている一刻一刻が、死に向って進みつつあることを忘れきっている。

つい、先ごろのことだが……。

台所で茶のみばなしをしているとき、私の老母が、

「私が夢中ではたらいているころ、十日に一度は御徒町《おかちまち》の金鮨《きんずし》へ行かなきゃ、腹の虫がおさまらなかった」

などと、いい出した。

よくよく聞いてみると、それは、子供の私と弟と祖母・曽祖母を女手ひとつに抱えて、三十をこえたばかりの母がはたらいていたころのことになるらしい。

当時、私どもの家は、下谷御徒町からも程近い浅草永住町にあったのだが、私

も舎弟《しやてい》も、御徒町の金鮨なる店へ連れて行ってもらったおぼえは、

「一度もない」

のである。

それなのに母は、十日に一度、かならず金鮨へ立ち寄り、ひとりで鮨をつまんでいたという。

「知らなかったな。おれは一度も、つれて行ってもらったことがない」

「そりゃ当り前だ。つれて行かなかったんだもの」

私と弟のみか、祖母も曽祖母も、むろん、つれて行ったことはないと老母は言明をした。

「言語道断だ。とんでもない子不孝だ」

と、私はいったが、むろん、冗談にである。

もっとも、当時の私と弟が、この母の秘密を知ったら、おそらく憤慨したにちがいない。

いうまでもなく、私どもをつれて行きたいのは、母も山々のことであったろう。

しかし、それは母の経済がゆるさぬ。

我家も貧乏の最中《さなか》であって、私が旧制小学校を終え、すぐに兜町の株式仲買店

へはたらきに出たとき、店へ挨拶に来た母が、女持ちの雨傘が買えず、はたらいている先の大きな番傘をさしてあらわれたのを、いまもおぼえている。この一事をおもってみても、母が女持ちの傘を買うより、むしろ鮨をつまむことへ、乏しい財布の口をひらいたことがわかろうというものだ。

そうした中で、十日に一度はひとりきりで、大好物の鮨をつまむ。こりゃ怪《け》しからぬ。それだけの余裕《ゆとり》があったら、自分の子や母・祖母にも何かしてやったらいいではないか。それでこそ女だ。それでこそ人の親ではないか……と、おもわれるむきもあろうが、うちの母の考え方は、すこし、ちがうのだ。

初婚、再婚に破れ、二人の子と共に実家へ帰り、血眼になって家族を養っている。

いまおもうと、女ながら殺気立っていたのは当然であって、それはまあ、大変なことだったろう。

だが、何のたのしみもなしに、長い年月をはたらいているだけでは、油が切れてしまう。

十日に一度、おもいきって、ひとりきりで大好物の鮨をつまむ。それで、はたらく甲斐《かい》も出て来る。また十日たつと、金鮨へ来て、好物の赤貝のヒモやらマグ口の鮨などを腹中へ入れることができる。

「ああ、おいしい……」

と、食べ終って、大きな茶わんになみなみとくみこまれた香ばしい茶をすすりながら、おそらく母は、まるで、気楽な女の独り暮しをしてでもいるかのような充実感をおぼえたことであろう。

そこへ、子供の私と舎弟がくっついていたのでは、まったく打《ぶ》ちこわしてしまう。

逃げ切れぬ現実の世界によびもどされて、鮨の味までちがってきたろう。

まず、このように、十日に一度、好物の鮨をつまむことだけでも、人間というものは苦しみを乗り切って行けるものなのだ。

つきつめて行くと、人間の〔幸福〕とは、このようなものでしかないのである。

「それでは、あまりにも低俗すぎる」

といわれても、私は、そうおもわざるを得ない。頭脳の栄養も多くとるにこしたことはないが、肉体の栄養が人間にとって、もっとも大事だ。この場合の栄養という意味は、贅沢な食物《たべもの》や料理のことではない。肉体そのものの機能をいうのである。

たとえ一本の大根、一個の芋。一尾の干魚《ひうお》にしても、これを口中に入れるときの愉楽が、頭脳へまで波紋のごとくひろがってゆくイマジネーションを、人間の肉体はそなえていなくてはならぬ。

そのことを、いうのである。

私も舎弟も、まず、このような母に育てられたわけだが、貧しい暮しの中にあって、三度の食事だけはおもうさまに食べた。私どもばかりでなく、四、五十年前の東京の下町の子供たちは、学校から帰ると無我夢中で遊びまわった。むかしの東京には、いくつも草地があり、材木置場があり、躰をつかっての遊びの場所に事を欠くことはなかった。当然、腹が空《す》く。

食べざかりのときであるから、駄菓子屋で飴玉や煎餅《せんべい》では、到底、腹の虫がおさまらぬ。

そうしたときは、家へ飛んで帰り、飯櫃《おはち》の中の飯を自分で握り、その握り飯へ味噌を塗ったり、ときには口やかましい祖母の目をかすめ、焼海苔を一枚取って来て、これを冬などは外の焚火で焙り、握り飯をくるんで食べたりした。

五、六人あつまると、小遣銭を出し合い、肉屋で売っているポテト・フライを買って来る。

八百屋《やおや》の子は、自分の店で売っているキャベツの葉を数枚引きはがして来る。

別の子は金網を持って来る。ソースをもって来る。皿を持って来る。

そして焚火をし、金網をかけ、この上で冷えてしまったポテト・フライをこんがりと焙る。その熱いやつを皿のソースへじゅっとつけて、きざみキャベツや握り飯と共に食べるうまさというものは、

「実に、こたえられなかったな」

と、当時から、いまもつき合っている友達がいう。

とにかく、大人のまねがしたい。

一日に、二銭三銭ともらう小遣いをためておき、五、六人が一カ月も買い喰《ぐ》いを辛抱して、牛肉のすき焼きを、焚火でやったりした。家で大人のやることを見ているから、醤油や砂糖で味をつけることもできた。しまいには、こうしたときに使う鍋や金網をあつめ、われわれが共有の隠し場所へ常備しておくようになったものである。

近辺の寺の石地蔵を祀《まつ》った堂の中だとか、大きな樹《き》の洞の中だとか、それをまた、映画に出て来る山賊にでもなったつもりで、いろいろにたのしむのだ。

こういうことを好まぬ子もいたが、下町の子はほとんど、食べることによって大人ぶりを発揮しようとした。

こうした子供のころの体験が、いまのわれわれに、どのような影響をおよぼしているだろうか……。

よくはわからぬが、私の場合は一日たりとも、食べることに無関心ではいられなくなってしまったようだ。

私を可愛いがってくれた曽祖母が八十をこえて、老衰の床についたとき、亡くなるまでの三カ月間、私は小学校から帰ると、すぐさま台所で、曽祖母が好物の素麺《そうめん》を茹であげ、附汁《つゆ》までつくった。

できあがって盆に乗せ、二階の三畳に寝ている曽祖母の枕元へ持って行くと、曽祖母はさもうれしげに笑って、巾着《きんちゃく》の中から二銭くれる。

別に、それがほしくてやったわけではない。

母は働きに出ているし、祖母は家事にいそがしい。だから、十歳の私がやったまでだ。

曽祖母が亡くなったとき、毎日もらう二銭が一円五十銭たまっていた。

そこで、すぐさま、かねてから食べたい食べたいと念願していたビーフ・ステーキを、上野広小路の松坂屋《まつざかや》の食堂へ食べに行ったものだ。

食券を売っている女店員《じょてんいん》が、

「お母さんは来ないの？」

と、問いかけたことを、いまもおぼえている。

そのときのビーフ・ステーキの味は、いまも舌に残っている。

それと、上野駅前にあった地下鉄ストアの食堂のホット・ドッグ。胡椒《こしょう》のきいたホワイト・ソースがかかっている、ちょっと変ったホット・ドッグで、ポテトサラダが添えてあった。これが十五銭。なんともいえずにうまかった。

私は、このように、毎日の小遣いを、その日のうちに、食べなれた飴玉やヨウカンなどに変えてしまうよりも、ためておいて、大人の食べる物を食べようとしたことだけはたしかだ。

どこだったか、おぼえていないが、何か食べに出かけ、その店の女中に、

「お父さんといっしょに、いらっしゃいね」

ことわられたおぼえがある。

金を出して見せたが、信用してもらえなかったらしい。小学校五年生のときであった。

男というものは、

「台所へくびを突っ込むものではない」

と、よくいう。

一時《いちじ》、私どもと一緒に暮していた叔父（母の弟）に、曽祖母の素麺をつくっている私が、

「男が、そんなまねをするな」

叱られたことがある。

これは、徳川幕府が男女の規範を、いろいろと面倒にきめてしまってから出来あがったイメージであって、江戸時代の初期から戦国時代にさかのぼると、そんなことはすこしもない。

男はみな、台所へくびを突っ込んでいる。

豪傑だの英雄だのとよばれた男たちも、みな、食べることにはうるさい。

織田信長・豊臣秀吉《とよとみひでよし》・加藤清正《かとうきよまさ》……など、それぞれに好みの料理人を抱えており、客をもてなすときの献立などを熱心に検討している。

かの伊達政宗《だてまさむね》は、戦国大名の中でも武勇のほまれが高く、秀吉も家康も一目を

置いた英傑であるが、こういっている。

「……かりそめにも客を招き、これをもてなすとあらば、先ず、料理が第一である。亭主が台所《かって》に入って、よくよく吟味もせずに、念の入《い》らぬ料理を出し、さしあたって虫気《むしけ》でもあったなら、客に対して無礼きわまることだ。そのようなことになるのなら、はじめから客を招かぬほうがよい」

徳川家康は、天下人《てんがびと》となり、初代徳川将軍となってからも、平常の生活は質実剛健そのもので、寒中など、江戸城内にいるときに足袋をはかなかった、その素足がアカギレやヒビ割れで、血がにじんでいても平気であった。

桑田忠親《くわたただちか》氏が書かれた物の中に、その家康が、ある茶会のとき、

「汁を二十もこしらえさせよ」

と、命じたことが出ている。

そのとき、重臣の本多正純《ほんだまさずみ》が、

「数寄《すき》向きの懐石《かいせき》料理に、二十もの御汁はいりますまい」

言上《ごんじょう》したところ、家康は、

「二十の内には、できばえのよい汁が二つや三つはあるものだ。上野介《こうずけのすけ》（正純）は料理の嗜《たしな》みがないから、そのようなことを申すのじゃ」

たしなめておいてから、台所へ「どれほど、たくさんにこしらえてもかまわぬ」と、伝達させたという。

終戦直後は、だれしも食糧に欠乏し苦労を重ねたが、三、四年たって、すこしは物資も出まわるようになったころ、私は、まだ独身で、母や弟と別に暮していた。

そのとき、日に一度はかならず、自分で飯を炊き、惣菜をつくったものである。外へ出て食べることもできないではなかったが、夕飯の仕度だけは自分の手にかけた。

一塊の豚肉とキャベツを、

(どうして食べてやろうか……)

考えぬいて、こしらえてみる。

どうも、そのようにせぬと食物《くいもの》に、

(ちから《ヽヽヽ》が入らぬ)

ような気がしたものだ。

金をもっているわけではないのだから、外へ出て食べても、

(実にも皮にもならぬ……)

ようにおもえてならなかった。

たとえば、そのときに持っている金で、

(今夜は豚肉が食べたい)

と、おもう。

街へ出ても、まだ蕎麦屋ですら復活していない時代であったから、トンカツなり豚汁なりを食べようとおもえば、闇値の食べもの屋へ入らねばならぬし、それが嫌なら外食券を持って公認の食堂へ行かねばならぬ。

そうしたものを、いくら口に入れても、母のいいぐさではないが、とても明日《あす》への活力は生まれて来なかった。

ところが、しっかりと自炊をすれば、たとえ一片の豚肉でも、味に、ちからがこもるのである。

世帯をもってからは、ほとんど台所へ入って包丁を取ったりはせぬ。

ただし、くびは突っ込む。

家族のことは知らぬが、自分が食べる物だけは好きにする。

豚肉なり、魚なりがあるとして、家族は別にいろいろとあんばいをして食べるのだろうが、私は、

「それならば、これをこうしてくれ」

と、注文を出す。

家人《かじん》が、

「今夜は、こうしたいとおもう」

といい出て、それが気に入れば、だまっている。

この稿を書いている今日の夕飯は、豚肉の小間切れとホウレン草だけの〔常夜鍋〕と鰯の塩焼。これで冷酒《ひやざけ》を茶わんで二杯。その後で、鍋に残ったスープを飯にかけて食べた。

昨日《きのう》は、大根の煮つけに、鶏肉の小間切れと玉ねぎの炒め物。それだけである。

客に招《よ》ばれたとき、客を招ぶとき以外には、あまり贅沢はしていない。

しかし、小間切れ肉をつかうときでも、私なりに、

（念には念を入れて……）

食べているつもりだ。

死ぬるために食うのだから、念を入れなくてはならないのである。

なるべく、

（うまく死にたい……）

からこそ、日々、口に入れるものへ念をかけるのである。

近年は、客をするとき、行きつけの料理屋でしてしまうようになったが、こういうときは、やはり、料理の味がわからぬ。知らず知らず、客へ神経を配っているからであろう。

こちらが客になるときは、朝昼兼帯の第一食を軽めにしておく。または食べないでおくこともある。

日記には、その日に食べたものだけを書いておくのだが、数年後、それを見ると、その日の出来事のすべてまざまざと浮かんで来ることがある。

こうした生活が、ごく自然に身についてしまっているので、いまさら、どうしようもないのだ。

家庭では、さぞ食べ物に口やかましいのだろうと、人びとはいうが、私の家ほど、女たちが楽な家はあるまい。

今夜の惣菜を何にしようか、と、女たちがおもいなやむときは、たちどころに答えを出してやるし、また、できあがった惣菜がうまければ、

「うまい。よくできた」

真底《しんそこ》からほめてやる。

外へ出たときに、ひとりで食事をすることもないではない。

そうしたとき、家庭ではどうしてもうまくゆかぬものを食べる。

強い火力を必要とするもの。専門店でなくては食べられぬもの。専門的な道具がそろっていなくては出来ぬもの、を食べる。

日本橋の小さな天ぷら屋で食べるときは、第一食を食べないでおく。

亭主が前で揚げてくれるのを、片端《かたつぱし》から息もつかずに食べる。

これでないと、天ぷらを食べたことにならないからだ。

酒も、その間《かん》に一合のめればよいほうだろう。

鮨も同様である。

だらだらと酒をのんで男たちが語り合っているそばで、揚げられた天ぷらが冷えかかっているのを見るほど、滑稽なものはない。

この天ぷら屋では、亭主がひとりで揚げる。

揚げるほうも全神経をこめ、火加減を見ながら揚げているのだから、一組の客か、せいぜい二組の客しか相手にできない。

だから、ほとんど宣伝をしない。

口づたえで来る客だけを相手に商売をしているのであって、亭主はもう、死ぬ覚悟で揚げている。こういう商売の仕方だと、いずれはやって行けなくなることを覚悟しているわけだ。

私は紹介者もなしに行ったのだが、そのときから現在にいたるまで、亭主の応対はすこしも変らぬ。

むかし、ふところに金が乏しいとき、銀座の高級料理屋といわれる店の前を通りかかって、急に鯛の刺身が食べたくなった。

はじめて入る店だったが、腰掛けにすわって、鯛の刺身と蛤の吸物で酒を一本のみ、残った刺身で飯を二杯食べて、

「ああ、うまかった」

と、いったら、料理場の板前が、にっこりしてうなずいた。

勘定は、ひどく安かった。

それはそうだろう。鯛の刺身はよい値だとしても、そのほかには蛤の吸物だけしかとらなかったのだから……。

こういうやり方が、いまは通用するかどうかわからない。

このごろは、なじんだ店へしか行かないからだ。

数年前に、京都へ行ったときに立ち寄る鮨屋で、冬の日の昼下りに酒をのんでいたら、そこへ、つつましやかな老女がひとりで入って来て、

「マグロを二つに、玉子を二つだけでよいから……」

と、いった。

あるじは、ていねいに鮨を握り、さもおいしそうに食べる老女を、目を細めて見まもっていた。

勘定をはらった老女が、

「ここは値が張るけど、おいしい」

といって、帰って行くのを見送り、私が、

「いつも来る客？」

と訊《き》いたら、あるじが、うれしげに、

「いえ、年に二度ほどお見えになります」

と、こたえた。

そのときは、まだ老母と鮨のはなしを耳にしていなかったが、いまにしておもえば、この老女も母に似ていないこともない。

以前、私が見知っていたお坊さんで、末広木魚《すえひろもくぎょ》という人が、京都から東京へ出

て来て、銀座でも有名な鮨屋へ入り、酒一本と鮨五つを食べ、

「お勘定は？」

「へい。○○○○円いただきます」

「はい、はい」

と、木魚さんは勘定を払い、

「おいしゅうございました。お高《たこ》うございました」

と合掌したので、鮨屋はびっくりした。

木魚さんにいわせると、

「そのどちらも本当だったから、ふと口に出てしまった」

と、いうことであった。

最後に一つ、エピソードを紹介して、この稿を終ることにしよう。

明治の元勲・伊藤博文《いとうひろぶみ》が総理大臣をつとめていたとき、博文の好色ぶりは天下にきこえていたものだ。

その博文が馬車にのって、ある有名な西洋料理店へ昼飯《ちゆうしよく》を食べに来た。

博文は馬丁（兼）下男の寅吉《とらきち》へ、

「おい、寅。馬車をそこへ置いて、いっしょに来い」

と、いう。

寅吉も、こういうことは毎度のことだから、

「へい、へい」

平気で、主人の博文と料理屋へ入り、主人と同じテーブルにつく。

満員の客が、これを見て、

「や、助平大臣が来た」

「ごらんなさい。あの、あぶらぎった顔を……」

「いやらしいね」

などと、きこえよがしにささやきはじめる。

伊藤博文、すこしも動ぜず、悠々として寅吉と共に、なごやかに物静かに食事をはじめる。

総理大臣と馬丁である。

それが同じテーブルで、たのしげに食事をしている。明治の感覚として、これは異常な情景といわねばならない。

そして、食事を終ると、博文が紙幣を寅吉へわたし、

「寅や。釣りはいらんぞ」

と、やさしくいい、先に出て行く。

これを他の客たちは、いまや悪口をいうどころか、一様にうっとりと見送っていたそうである。

どうだろう。明治の世の余裕《ゆとり》というものは……。

池波正太郎略年譜

一九二三年——大正12年
一月二十五日、東京の浅草に生まれる。父、富治郎。母、鈴。この年の九月に起こった関東大震災のため、埼玉県の浦和に転居。

一九二九年——昭和4年…六歳
東京に戻り、根岸小学校に入学する。やがて両親が離婚したため、浅草の母の実家で暮らし、西町小学校に転入。祖父に連れられて芝居見物や絵画の展覧会に行くようになる。屋台の牛飯屋めぐりをする。

一九三三年——昭和8年…十歳
従兄に連れられて映画や新国劇の舞台観劇に行く。特に新国劇には感動し、「その舞台の、得体の知れぬ熱気の激しさ強さは、むしろ空恐ろしいほどのもので、十歳の私は興奮と感動に身ぶるいがやまなかった。…いまにして思えば、この観劇の一日こそ、後年の私を劇作家にさせた一日だったといえよう」と述懐している。

一九三五年——昭和10年…十二歳
小学校を卒業し、現物取引所に勤める。四ヶ月後に辞めて株式仲買店に勤務。レストランの洋食に凝る。社会人の頃は、「何事もつまらぬことばかりで、自分の日常が『社会』につながっていることは何一つない」という。

一九四一年――昭和16年…十八歳
日米開戦のニュースを聞くが、すぐに八重洲口のレストランに行き、ビール、牡蠣フライ、カレーライスの食事をとり、映画「元禄忠臣蔵」を観る。

一九四二年――昭和17年…十九歳
国民勤労訓練所に入る。後、芝浦の萱場製作所に入所し、旋盤機械工となる。

一九四三年――昭和18年…二十歳
所内の様子等を描いた作品を『婦人画報』の「朗読文学」欄に投稿し、数編が入選する。

一九四四年――昭和19年…二十一歳
横須賀海兵団に入団、横浜磯子の八〇一航空隊に転属。

一九四五年――昭和20年…二十二歳
三月十日の大空襲により浅草の家が焼失。五月、鳥取県米子の美保航空基地に転出、水兵長に進級する。同基地で敗戦を迎え、八月二十四日に帰郷。

一九四六年――昭和21年…二十三歳
下谷区役所に勤務し、DDTの散布等に従事する。戯曲「雪晴れ」を読売新聞社の読売演劇文化賞に応募、選外佳作となり、新協劇団で上演される。

一九四七年――昭和22年…二十四歳
第二回読売演劇文化賞に「南風の吹く窓」が選外佳作となる。

一九四九年――昭和24年…二十六歳
第二回読売演劇文化賞の選者だった長谷川伸の門下生となる。

一九五〇年——昭和25年…二十七歳
片岡豊子と結婚する。

一九五一年——昭和26年…二十八歳
戯曲「鈍牛」が新橋演舞場で上演される。以後、約十年間、新国劇の脚本を執筆する。

一九五四年——昭和29年…三十一歳
長谷川伸の勧めにより小説を書き始める。短編小説「厨房《キッチン》にて」を『大衆文芸』十月号に発表。

一九五五年——昭和30年…三十二歳
戯曲「名寄岩」を新国劇で初演出。目黒税務事務所を退職し、執筆活動に専念する。

一九五六年——昭和31年…三十三歳
『大衆文芸』十一月号、十二月号に掲載された「恩田木工」が下半期の直木賞候補となる。
この頃、後に『鬼平犯科帳』の主人公となる、火付盗賊改方の長谷川平蔵に興味を持つ。

一九五七年——昭和32年…三十四歳
『大衆文芸』六月号に掲載された「眼」が上半期の直木賞候補、同十二月号に掲載された「信濃大名記」が下半期の直木賞候補となる。

一九五八年——昭和33年…三十五歳
『大衆文芸』十一月号、十二月号に掲載された「応仁の乱」が下半期の直木賞候補となる。

一九五九年——昭和34年…三十六歳
『大衆文芸』六月号に掲載された「秘図」が、上半期の直木賞候補となる。

一九六〇年――昭和35年…三十七歳

九月、初の単行本『信濃大名記』（光書房）を刊行。

『オール読物』四月号に掲載された「錯乱」により、第四十三回直木賞を受賞する。

九月『竜尾の剣』（東方社）、十月『錯乱』（文藝春秋）、十一月『応仁の乱』（東方社）、十二月『真田騒動―恩田木工』（東方社）を刊行。

一九六一年――昭和36年…三十八歳

『オール読物』八月号に掲載された「色」が、「維新の篝火」の題名で映画化（片岡千恵蔵主演）される。

六月『眼』（東方社）を刊行。

一九六二年――昭和37年…三十九歳

『内外タイムス』『週刊アサヒ芸能』などに初めての週刊誌連載を開始する。

一九六三年――昭和38年…四十歳

六月、師の長谷川伸が心臓衰弱のため死去。

六月『夜の戦士』（東方社）、十月『人斬り半次郎』（東方社）を刊行。

一九六四年――昭和39年…四十一歳

『週刊新潮』一月六日号掲載の「江戸怪盗記」に初めて長谷川平蔵を登場させる。

三月『真説・仇討ち物語』（アサヒ芸能出版）、四月『賊将』（東方社）、『幕末新撰組』（文藝春秋）、五月『幕末遊撃隊』（講談社）を刊行。

一九六五年――昭和40年…四十二歳

八月『忍者丹波大介』（新潮社）、九月『娼婦の眼』（青樹社）、十二月、現代小説『青空の街』（青樹社）を刊行。

一九六七年——昭和42年…四十四歳

一月『信長と秀吉』（学習研究社）、二月『卜伝最後の旅』（人物往来社）、四月『堀部安兵衛』（徳間書店）、『スパイ武士道』（青樹社）、八月『さむらい劇場』（サンケイ新聞社出版局）、『忍者群像』（東都書房）、十月『西郷隆盛』（人物往来社）を刊行。

一九六八年——昭和43年…四十五歳

十二月『鬼平犯科帳』第一巻を文藝春秋から刊行する。この後、平成二年七月まで、番外編一を含むシリーズ全二十冊が刊行されることになる。

一月『にっぽん怪盗伝』（サンケイ新聞社出版局）、十月『仇討ち』（毎日新聞社）、『鬼火』（青樹社）、十一月『武士の紋章——男のなかの男の物語』（芸文社）を刊行。

一九六九年——昭和44年…四十六歳

「鬼平犯科帳」が連続TVドラマ化される。八世松本幸四郎、丹波哲郎、萬屋錦之介、中村吉右衛門らの主演により、幾度も制作・放映されることになる。

三月『蝶の戦記』（文藝春秋）、四月『剣客群像』（桃源社）、五月『近藤勇白書』（講談社）、十月『侠客』（毎日新聞社）、十一月、自伝的エッセイ『青春忘れもの』（毎日新聞社）、十二月『江戸の暗黒街』（学習研究社）を刊行。

一九七〇年——昭和45年…四十七歳

二月『戦国幻想曲』（毎日新聞社）、六月『夢中男』（桃源社）、八月『ひとのふんどし』

（東京文芸社）、十月『編笠十兵衛』（新潮社）、十二月『槍の大蔵』（桃源社）を刊行。

一九七一年――昭和46年…四十八歳

四月「鬼平犯科帳―狐火」が明治座で上演され、演出を手がける。

二月『英雄にっぽん』（文藝春秋）、三月『闇は知っている』（桃源社）、『火の国の城』（文藝春秋）、七月『敵討ち』（新潮社）、八月『仇討ち群像』（桃源社）、九月『おれの足音』（文藝春秋）を刊行。

一九七二年――昭和47年…四十九歳

「必殺仕掛人」が連続ＴＶドラマ化される。

一月『まぼろしの城』（講談社）、三月『あいびき―江戸の女』（講談社）、四月『その男』（文藝春秋）、六月『池波正太郎歴史エッセイ集―新撰組異聞』（新人物往来社）、十月『忍びの風』（文藝春秋）、十一月『この父その子』（東京文芸社）を刊行。

一九七三年――昭和48年…五十歳

「剣客商売」が連続ＴＶドラマ化される。一月『剣客商売』を新潮社から刊行する。後、平成元年十月まで、番外編二を含むシリーズ全十八冊が刊行される。

三月『殺しの四人―仕掛人・藤枝梅安』を講談社から刊行する。後、平成二年六月までシリーズ全七冊が刊行される。

五月から十二月まで、『池波正太郎自選傑作集』全五巻を立風書房から刊行する。

六月、松竹で『必殺仕掛人』（田宮二郎主演）、九月『必殺仕掛人・梅安蟻地獄』（緒形拳主演）が映画化される。

三月『黒幕』(東京文芸社)、四月『獅子』(中央公論社)、六月、エッセイ『食卓の情景』(朝日新聞社)を刊行。

一九七四年──昭和49年…五十一歳

二月、松竹で『必殺仕掛人・春雪仕掛針』が映画化(緒形拳主演)される。十二月『真田太平記』一巻を朝日新聞社から刊行、昭和五十八年四月まで全十六巻が刊行される。

五月『闇の狩人』(新潮社)、十二月『雲霧仁左衛門』(新潮社)を刊行。

一九七五年──昭和50年…五十二歳

食や映画などに関するエッセイが刊行され始める。「出刃打お玉」(歌舞伎座)、「剣客商売」(帝国劇場)、「必殺仕掛人」(明治座)が上演され、演出を務める。

三月『江戸古地図散歩─回想の下町』(平凡社)、五月『戦国と幕末』(東京文芸社)、十月『男振』(平凡社)、『忍びの女』(講談社)、十一月『剣の天地』(新潮社)、『映画を食べる』(立風書房)を刊行。

一九七六年──昭和51年…五十三歳

三月から十二月まで、『池波正太郎作品集』全十巻が朝日新聞社から刊行される。

一月『男の系譜』(文化出版局)、二月『男のリズム』(角川書店)、十一月『池波正太郎の映画の本』(文化出版局)を刊行。

一九七七年──昭和52年…五十四歳

二月「市松小僧の女」を作・演出。四月、第十一回吉川英治文学賞を受賞する。フランスへジャン・ギャバンについての取材旅行。

一九七八年六月『又五郎の春秋』(中央公論社)、『新年の二つの別れ』(朝日新聞社)、七月『おとこの秘図』(新潮社、翌年の十二月まで全六巻が刊行される)、八月『私のスクリーン&ステージ』(雄鶏社)、十一月『回想のジャン・ギャバン―フランス映画の旅』(平凡社)、十二月『散歩のとき何か食べたくなって』(平凡社)を刊行。

「市松小僧の女」により第三回大谷竹次郎賞を受賞。

――昭和53年…五十五歳

三月から十一月まで、『池波正太郎短編小説全集』全十巻別巻一が立風書房から刊行される。松竹で『雲霧仁左衛門』が映画化される。

十月『フランス映画旅行―池波正太郎のシネマシネマ』(文藝春秋)を刊行。

一九七九年――昭和54年…五十六歳

ヨーロッパへ旅行する。

二月『私の歳月』(講談社)、七月『旅路』(文藝春秋)を刊行。

一九八〇年――昭和55年…五十七歳

ヨーロッパへ旅行する。

自筆の絵を収めた本が多く刊行され始める。

二月『映画を見ると得をする』(ごま書房)、六月『旅と自画像』(立風書房)、七月『日曜日の万年筆』(新潮社)、『最後のジョン・ウェイン―池波正太郎の「映画日記」』(講談社)、十二月『夜明けの星』(毎日新聞社)を刊行。

一九八一年――昭和56年…五十八歳

一九八二年——昭和57年…五十九歳
四月『よい匂いのする一夜—あの宿この宿』（平凡社）、『男の作法』（ごま書房）、七月『旅は青空』（新潮社）、十二月『田園の微風』（講談社）を刊行。
ヨーロッパへ旅行する。
五月『味と映画の歳時記』（新潮社）、九月『一年の風景』（朝日新聞社）を刊行。

一九八三年——昭和58年…六十歳
二月『黒白』全三巻（新潮社）、四月『ラストシーンの夢追い—池波正太郎の「映画日記」』（講談社）、九月『ドンレミイの雨』（朝日新聞社）、十一月『雲ながれゆく』（文藝春秋）を刊行。

一九八四年——昭和59年……六十一歳
ヨーロッパへ旅行する。
一月『むかしの味』（新潮社）、五月『梅安料理ごよみ』（講談社）、十月『食卓のつぶやき』（朝日新聞社）を刊行。

一九八五年——昭和60年…六十二歳
気管支炎により喀血し、初めて入院生活を送る。
二月『スクリーンの四季—池波正太郎の「映画日記」』（講談社）、三月『池波正太郎のパレット遊び』（角川書店）、四月『東京の情景』（朝日新聞社）、七月『ルノワールの家』（朝日新聞社）、十一月『夜明けのブランデー』（文藝春秋）、十二月『池波正太郎の銀座日記I』（朝日新聞社）を刊行。

一九八六年――昭和61年…六十三歳
紫綬褒章を受賞する。
五月『新私の歳月』（講談社）、十月『秘伝の声』（新潮社）を刊行。

一九八七年――昭和62年…六十四歳
二月、池袋の西武百貨店で「池波正太郎展」が開催される。
三月『きままな絵筆』（講談社）を刊行。

一九八八年――昭和63年…六十五歳
一月『池波正太郎自選随筆集』上下を朝日新聞社から刊行する。五月、フランスへ旅行。
九月、ヨーロッパ（西ドイツ、フランス、イタリア）へ最後の旅行。十二月「大衆文学の真髄である新しいヒーローを創出し、現代の男の生き方を時代小説の中に活写、読者の圧倒的支持を得た」として第三十六回菊池寛賞を受賞。
四月『原っぱ』（新潮社）、『池波正太郎の銀座日記Ⅱ』（朝日新聞社）を刊行。

一九八九年――平成元年…六十六歳
五月、銀座「和光」で初の個展「池波正太郎絵筆の楽しみ展」を開催。
三月『江戸切繪圖散歩』（新潮社）、四月『池波正太郎の春夏秋冬』（文藝春秋）、五月『ル・パスタン』（文藝春秋）を刊行。

一九九〇年――平成2年…六十七歳
二月「鬼平犯科帳―狐火」が歌舞伎座で上演される。
三月十二日、三井記念病院に入院。急性白血病と診断される。五月三日午前三時、死去。

西浅草の西光寺に葬られる。勲三等瑞宝章を受章。

一九九一年――平成3年

十二月から翌年の七月まで、『池波正太郎短編コレクション』全十六巻が立風書房から刊行される。

四月『剣客商売―包丁ごよみ』(新潮社)を刊行。

(年譜作成=高丘卓)

【収録単行本】

一章　江戸前とは

深川の二店……………………………『散歩のとき何か食べたくなって』平凡社　一九七七年

二章　味の歳時記

［一月］　橙……………………………『味と映画の歳時記』新潮社　一九八二年（以下同）

［二月］　小鍋だて

［三月］　白魚と蛤

［四月］　鯛と浅蜊

［五月］　鰹とキャベツ

［六月］　鮎とさくらんぼ

［七月］　茄子と白瓜

［八月］　トマトと氷水

［九月］　小鰭の新子と秋刀魚

［十月］　松茸と栗

［十一月］　葡萄と柿

［十二月］　柚子と湯豆腐など

三章　江戸の匂いのする情景

どんどん焼き……………………『食卓の情景』朝日新聞社　一九七三年
好物雑感……………………『新年の二つの別れ』朝日新聞社　一九七七年
小説の中の食欲……………………『私の歳月』講談社　一九七九年（以下同）
東京の下町

四章　通のたしなみ

鮨屋へ行ったときはシャリだなんて言わないで、
普通に「ゴハン」と言えばいいんですよ。……『男の作法』ごま書房　一九八一年（以下同）
そばを食べるときに、食べにくかったら、
まず真ん中から取っていけばいい。
そうすればうまくどんどん取れるんだよ。
てんぷら屋に行くときは腹をすかして行って、
親の敵にでも会ったように揚げるそばから
かぶりつくようにして食べていかなきゃ。
たまにはうんといい肉で、ぜいたくなことを

五章　食べる

やってみないと、本当のすきやきのおいしさとか
肉のうま味というのが味わえない。

コップに三分の一くらい注いで、それを飲みほしては入れ、
飲みほしては入れして飲むのが
ビールの本当のうまい飲み方なんですよ。

食べる……………………………………『男のリズム』角川書店　一九七六年

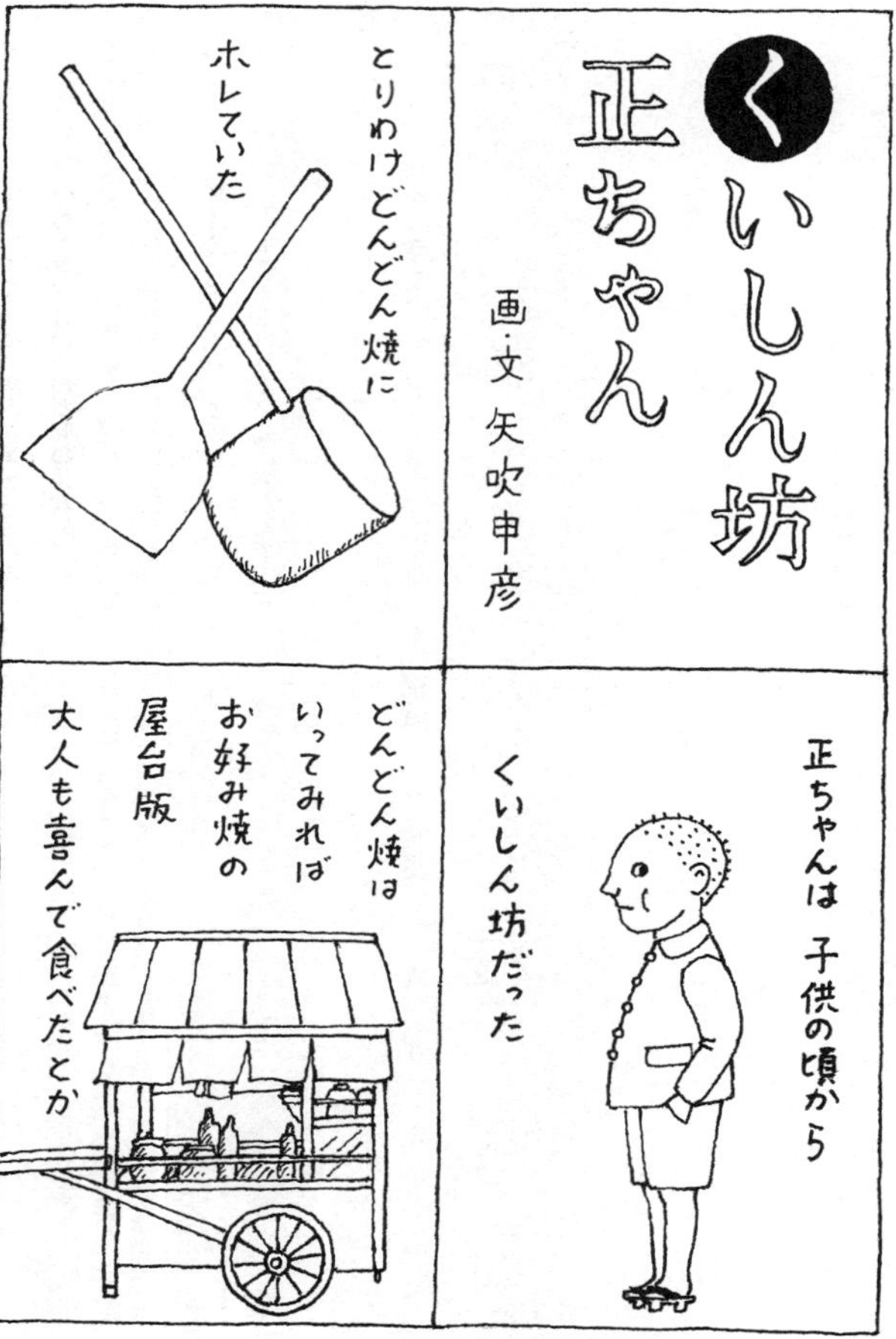
くいしん坊
正ちゃん
画・文 矢吹申彦
正ちゃんは 子供の頃から
くいしん坊だった
とりわけどんどん焼に
ホレていた
どんどん焼は
いってみれば
お好み焼の
屋台版
大人も喜んで食べたとか

中でも「役者」というアダナの
おやじは、正ちゃん考案の
「鳥の巣焼」と「ポテト・ボール」
をメニューに取り入れて
時には正ちゃんに店をまかせて
どこだかにお出かけしていた
もう一人が「町田」のおやじ
こちらは元洋食屋で
他の屋台とは全く味が違う
正ちゃんは弟子入りまで考えた
ところがおやじは「こんなものは、ジンセ
イのハイザンシャがやるものだ」という

正ちゃんも戦争中は兵隊で
米子の美保航空基地に
戦争中でも兵隊さんでも
正ちゃんはくいしん坊
きらいだった当地の鯖にホレて
またまた 新メニューを考案

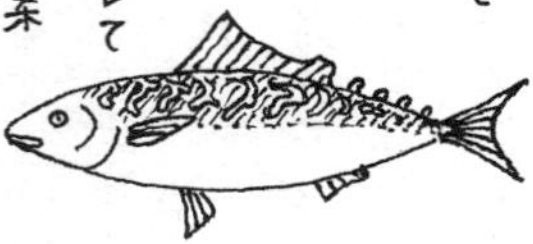

まず 三枚におろした鯖に
塩をして 半日置く
その塩を洗いながし
刺身につくり 玉ねぎの
薄切りと夏蜜柑を用意

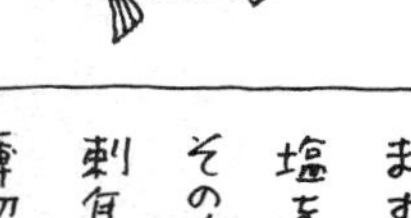

この刺身と玉ねぎに
夏蜜柑のしぼり汁を
かけながら重ねて
上に重しを置いて
三十分ほどしめてから
夏蜜柑の汁をかけながら食べる

これがいっしょに食べた
電路員たちに受けた
「また やりましょう」
何度もやった
後年 夏蜜柑を
レモンにかえて 今もやる

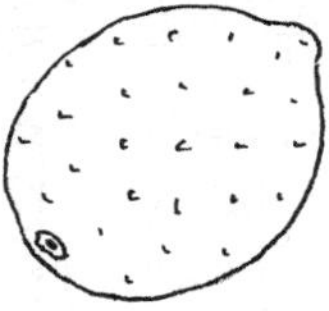

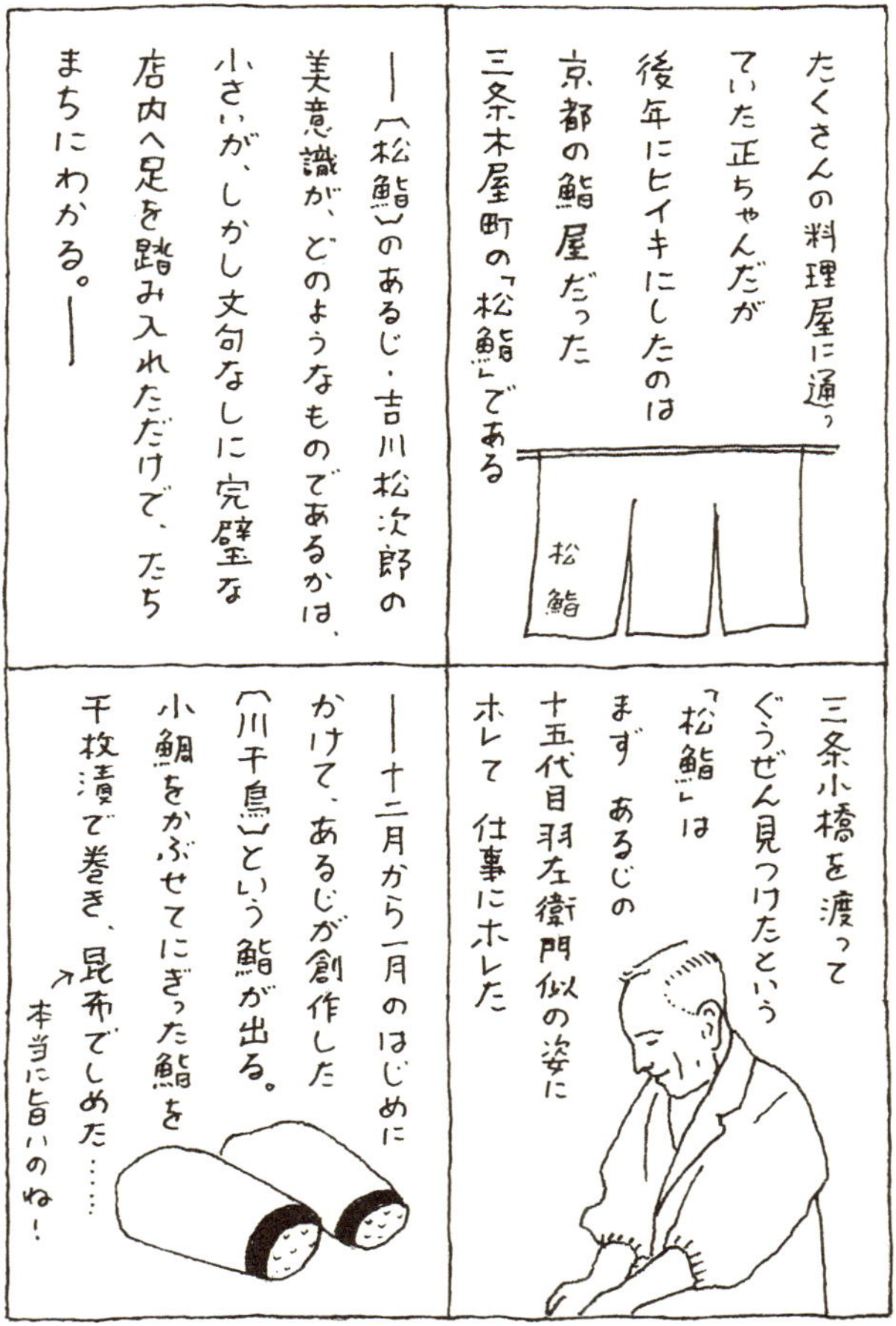
たくさんの料理屋に通っ
ていた正ちゃんだが
後年にヒイキにしたのは
京都の鮨屋だった
三条木屋町の「松鮨」である
松鮨
──〈松鮨〉のあるじ・吉川松次郎の
美意識が、どのようなものであるかは、
小さいが、しかし文句なしに完璧な
店内へ足を踏み入れただけで、たち
まちにわかる。──
三条小橋を渡って
ぐうぜん見つけたという
「松鮨」は
まず あるじの
十五代目羽左衛門似の姿に
ホレて 仕事にホレた
──十二月から一月のはじめに
かけて、あるじが創作した
〈川千鳥〉という鮨が出る。
小鯛をかぶせてにぎった鮨を
千枚漬で巻き、昆布でしめた……
本当に旨いのね!

編者解題――『江戸前 通の歳時記』を読む

高丘 卓

蛤《はまぐり》には、逝《ゆ》く春を惜しむ風情がある。先《ま》ず、貝の中で、これほどに旨《うま》いものはない――池波正太郎氏をして、こう言わしめた蛤を、わたしは小鍋だてにして、しばしば暮れから早春にかけてつくる。淡白で、若いひとにはもの足りないだろうが、人生の苦い汁を味わったことのある大人ならば、この料理が喚起する濃密な生命力の交感を、十二分に堪能《たんのう》することができる。小鍋だてゆえ、大人数《おおにんずう》ではだいなしなので、しつらえるにあたっては、独り鍋、または男女の二人鍋が理想的である。出汁《だし》をはった小鍋に、中ぶりの蛤を一個入れ、じっと待つ。待つあいだ、酒で心身をあたためる。胸がときめく。やがて熱に耐えられなくなった蛤が、ぽん、と口をひらく。すかさずそれを自分の口にはこび、身を吸いとるように食べる。残酷かもしれないが、これを二人鍋の席であれば、相手と交互にくりかえす。箸休めは薄切りの独活《うど》か、三つ葉があれば十分であろう。ごたごたと食材を入れこんでは、蛤独自の味わいが不明瞭となり、悦《よろこ》びもまた薄れてしまう……。

　この羽化登仙《うかとうせん》と化す食事法は、じつのところ、わたしのオリジナルではない。もとをただせば、池波正太郎氏のエッセイを追体験し、これにインスパイアされ習得した食事法なのである。おしなべて、池波氏の、酒食酒肴《しゅしょくしゅこう》のエッセイを読む幸福はなにかといえば、わたしは追体験の幸福にあると感じている。わたしたちは、氏のエッセイを読み、氏の年季のはいった実体験を、追体験することで、一人前の食通になれたような気分にさせられてしまうのである。たとえば、本書収録のエッセイ「深川《ふかがわ》の二店」の一節に、江戸前の味について、こんな言及がある。

「いわゆる〔江戸前〕の魚介は、深川のものである。隅田川《すみだがわ》の川水《かわみず》と、江戸湾の海水とがまじり合った特種の水質に育まれた魚や貝の味わいは、特別のものだったらしい。たとえば、同じ鮃《ひらめ》にしても、千葉県の銚子《ちょうし》の沖合で漁《と》れたものと、江戸湾で漁れたものとは、まったく味わいがちがっていたらしい」

　そして太平洋戦争以前の深川には、まだ江戸の名残があって、

「江戸湾（東京湾）の汐《しお》の香り、新鮮な魚介、すっきりとした住民の気風《きっぷ》、深川の町々を縦横にめぐる堀川《ほりかわ》と運河の水の匂い……そうしたものが、まだまだ残っていて、それを躰《からだ》で感じ取ってきた者には、広重《ひろしげ》の絵が、『たちどころにわかる』」

……こうして、たっぷり江戸前の魚介の味の知識をまなびとったわたしたちは、年来の深川通になったような、いい気分になり、池波氏になりすまして、隣人に、ひとくさり蘊蓄《うんちく》を垂れる欲求をおさえきれなくなる……という次第なのである。

もちろん池波氏のほうは、付焼刃で書いているわけではない。池波氏のエッセイの刺戟《しげき》は、実体験にもとづいているところにあり、そこに、わたしたちをとらえて離さない重力がはたらくのである。池波氏と深川は縁が深い。同じエッセイに、氏の小学校時代の深川体験が書かれているので要約してみよう。氏は食通であると同時に、散歩の達人でもあるが、これを育んだのが深川であった。

――池波氏の母の親類が、深川門前仲町《もんぜんなかちよう》と深川砂町《すなまち》に住んでいた。小学校五年生のとき、祖母の使いで、はじめて門前仲町の親類をたずねるが、以来、正太郎少年は、たびたび独りで、深川の二家に使いにでるようになった。お駄賃がもらえるからである。そしてもらった小遣いをためるため、復路は決まって、浅草まで一里半の道のりを歩いて帰った。ためたお金で「東京市区分地図」を買う。その地図をたよりに、市電に乗って東京の町を散歩する楽しみをおぼえ、小学生だというのに、この東京散歩が趣味になったというのだから、正太郎少年の老成ぶりには、恐れいってしまう。しかも、この少年ランティエには、もうひとつ大人顔負けの趣味があった。

ある日、深川からの帰り道、正太郎少年は、本所へ出る手前の小名木川《おなぎがわ》へ架かる高橋《たかばし》をわたると、右側に、総格子の表構えの店があるのに気づく。どぜう屋の「伊せ喜《いき》」であった。このときは、さすがに店にははいらなかったそうだが、小学校を卒業し、十二歳で株屋で働くようになってすぐに、正太郎少年は「伊せ喜」に駆けこみ、以後しばしばここに通うようになる。そして十六、七歳のころには、酒をのみながら、どぜう鍋をつつく道楽をおぼえるにいたるが、老け顔のせいで、未成年であることを怪しまれなかったそうである……。

ところで、いま正太郎少年の老成ぶりについて触れたが、世間の常識に照らせば、散歩にせよ、食道楽《くいどうらく》にせよ、これが流儀として身につくまでには、芸事を習うように、だれもがすくなからぬ修業時代を要するものであろう。ものの味をきわめたり、浮世絵を手に、ゆきし世のランドスケープをたどることなどは、とても一夜漬けでかなうものではない。それ相応の軍資金も必要となる。したがって、まだ小学生の正太郎が「伊せ喜」に目をつけるにいたるには、たとえ小学生といえども、やはり他人《ひと》しれぬ修業がひそんでいたにちがいないのである。

池波正太郎氏に「祖父の家」というエッセイがあるが、わたしはあるときこれを読みすすむにおよんで、唖然《あぜん》とする事実にでくわすことになった。それは、氏の道楽事始《ことはじ》めをめぐる、(すくなくとも現代人から見れば)常識を逸脱した体験《たいけん》譚《たん》である。長くなるので、抜き書きふうに紹介しよう。

——正太郎の母の父、今井教三(祖父)は、浅草永住町《ながずみちょう》で、簪《かんざし》や指輪、帯留《おびどめ》などの金細工をする、江戸時代生まれの飾り職人だった。教三は、孫の正太郎を、ことのほか可愛《かわい》がった。飾り職人だけあって美術品や絵画の鑑賞を好み、小学生の正太郎を、よく上野の展覧会に同道させた。そのせいか、このころの正太郎は絵ばかり描いていて、教三は「お前をね、きっと画家にして見せるよ。そうだな、鏑木清方《かぶらききよかた》さんに弟子入りさせよう、どうだい」と持ちかけて、夏の朝には不忍池《しのばずのいけ》の蓮の花の花見に連れ出し、帰りには、池之端《いけのはた》の「揚出《は》し」で朝飯をご馳走した。また散歩と称して、当時、名店として名を馳せていた浅草の天ぷら「中清」、奥山の寿司「美家古《みやこ》」、鳥は「金田」と食べ歩いた。つまり教三は、小学生相手に、食道楽の手ほどきをしていたのである。こんな祖父の力がはたらいていれば、正太郎少年が、深川で「伊せ喜」を見出したのも不思議はない。

正太郎少年は、まるで奉公制の親方と丁稚《でっち》のように、この道の奥義をみっちり仕こまれていった。教三は小学生の正太郎に、食べることばかりでなく、料理屋や料亭などでの、女中へのチップの渡しかたやその多寡のマナーを伝授し、さらに、一人前の大人になったら「かならず、外へ出るときは祝儀袋を持っていなくてはいけないよ」とまで言い聞かせる。ここまでくれば、もはや食道楽修業も立派な英才教育であろう。たかが食道楽とあなどるなかれ、である。

江戸に生まれた祖父教三は、いわば江戸町人の生き証人である。したがって道楽の流儀も、江戸の職人の流儀であったことは、想像に難くない。その意味で、正太郎少年は、それを生で吸いとったばかりか、いわば「江戸前」を、時空を断絶されることなく伝授された、最後の職人だったと言えるかもしれない。師匠直伝の芸である。そこに、だれにも真似《まね》のできない、池波正太郎氏の、わたしたちを魅了してやまない、食通作家としての才気煥発《かんぱつ》の源泉があるのであろう。

二〇一八年は、池波正太郎氏の生誕九十五周年に当たる。わたしたちは、その氏の酒食酒肴のエッセイを、氏没後も、脈々と読みつづけ、追体験がもたらす「江戸前」の幸福感にくるまる。食道楽も、一種の文化遺産なのである。そう思うと、風景としての江戸は消滅してしまったけれども、江戸の文化は、案外身近に、生きつづけているのかもしれない、わたしには、そんな気もしてくるのである……。

本書は、一九九七年七月、角川春樹事務所より刊行された『江戸前食物誌』（ランティエ叢書）を『江戸前 通の歳時記』と改題し、再編集しました。

池波正太郎の本

スパイ武士道

徳川幕府が諸藩へ潜入させた隠密群があった。その一人である筒井藩の弓虎之助に、藩の遺金八万両探索の密命がくだった……。幕府と藩の間に立って苦悩する隠し隠密の生きざま。

幕末遊撃隊

伊庭八郎は心形刀流・伊庭道場の後継。幕府の崩壊を目の当たりにした八郎は、同志を募って遊撃隊を組織し怒濤の進撃を続ける官軍に挑む。短く壮烈に生きた美剣士の青春物語。

集英社文庫

集英社文庫

江戸前《えどまえ》 通《つう》の歳時記《さいじき》

2017年3月25日 第1刷
2022年12月14日 第6刷

定価はカバーに表示してあります。

著 者 池波正太郎《いけなみしょうたろう》

発行者 樋口尚也

発行所 株式会社 集英社
東京都千代田区一ツ橋2-5-10 〒101-8050
電話 【編集部】03-3230-6095
【読者係】03-3230-6080
【販売部】03-3230-6393(書店専用)

印 刷 株式会社広済堂ネクスト

製 本 株式会社広済堂ネクスト

フォーマットデザイン アリヤマデザインストア　マークデザイン 居山浩二

ISBN978-4-08-745557-1 C0195